JN304534

恋する「小倉百人一首」

阿刀田 高

角川文庫
18290

目次

第一話　才女たちが行く

まず初めは落語である。

古典落語の名作〈千《ち》早振《はやぶ》る〉では、八《は》っつぁんがご隠居《いんきょ》さんに尋ねて、

「あれ、どういう意味なんですかねえ。百人一首の〝千早振る　神代《かみよ》もきかず　竜《たつ》田《た》川　からくれなゐに　水くくるとは〟っての？」

小倉百人一首の第十七番在原業平《ありわらのなりひら》（八二五～八八〇年）の歌である。

知ったかぶりのご隠居さんが答えて、

「あれはだな、竜田川という名の相撲《すもう》とりがおってな。吉原《よしわら》へ遊びに行って千早花《お》魁《らん》に声をかけたが振られてしまった。そこで妹分の神代を口説《くど》いたが、こちらも〝いやでありんす〟と聞いてくれない。すなわち〝千早振る　神代も聞かず竜田川〟だな」

「へえー、そういうことだったんですか」

「竜田川はがっかりして故郷へ帰ってしまった。実家が豆腐屋をやっていたから家

業を継いでせっせと励んでいたところ、何年かたって外に人の気配、見ると戸口にみすぼらしい女が立っている。〝おからでもなんでもいいから食べるものを恵んでください〟というのを聞いて、ヒョイと顔を見ると、これが昔、自分を振った千早花魁のなれの果て。くやしさが込みあげて来て〝おまえになんか、おからだって、やるもんか〟。女のほうは〝ああ、昔は吉原一の花魁だったのに、今はこんな田舎《いなか》の豆腐屋にまで邪険《じゃけん》にされ……くやしいーッ〟。近くの井戸にドボーンと飛び込んでしまった」

「へえー？」

「これが〝からくれなゐ《い》に水くくるとは〟だ。井戸に飛び込めば水をくぐるだろう」

「はあ、そういう歌だったんですか」

まことに馬鹿らしい。しかし、よくできていますね。

私事ではあるけれど、子どものころ、この落語を聞いて、不肖《ふしょう》私はしみじみ感動しました。子ども心にも、これが嘘《うそ》の解釈であることは見当がついていたけれど……。

正しくは〝不思議なことがたくさんあった神代においても竜田川の川面《かわも》に紅葉《もみじ》が散って埋《う》めつくし、さながら紅色《べにいろ》のくくり染めのように美しく映《は》えている、そんな絶景があったとは聞きません〟くらいの意味だろう。〝千早振る〟が神代にかかる枕詞《まくらことば》であり〝からくれない〟が唐《から》国伝来の色目を思わせるすてきな紅色のこと、と知ったのは、ずっと後のことだったが、とにかくこの落語をきっかけにして、

——小倉百人一首って、おもしろそうだな——

と興味を覚えた。

正月になると姉のところに晴着姿の友だちが集まって来て楽しそうに遊んでいる。仲間に入れてもらおうとしても、

「あんた、できないでしょ」

と排除されてしまう。

——落語にあったやつじゃないか——

〝ちはやぶる〟と聞いたら〝からくれなゐに水くくるとは〟と書いた札を取ればいいらしい、と遊びのルールを理解し、そのほかの札の暗記に努めた。いつしか百枚をそらんじて姉たちに負けない腕前となったはずである。ささやかな体験だが、今になって思い返してみると、あれがどれほど日本の古典を理解し、この国の文化を考えるために役立ったことだろう。

——子どものころに小倉百人一首になじんでおいてよかった——

これは本当だ。しみじみと思う。小倉百人一首は充分に深い世界を内蔵している。ただの遊びにしては余るものがある。古くさいなんて言わないで、

「ちょっと覗《のぞ》いてみませんか」

このエッセイの目的は、これにほかならない。これに尽きる。一通りの知識を蓄え

ておいてけっして損はない。

　文学史的事情をかいつまんでおけば……小倉百人一首は、往時ナンバー・ワンの歌人と目《もく》された藤原定家《ふじわらのさだいえ》（＝ていか＝一一六二〜一二四一年）が古今《こきん》集や新古今集など十点の勅撰和歌《ちょくせんわか》集（天皇・上皇の命令で編んだ和歌集）から優れた歌百首を選んだもの。もう少しくわしく述べれば、定家が京都の小倉山《おぐらやま》にある知人の山荘の襖《ふすま》を飾るため秀歌を選んで色紙に書いたものを基にして、それにバリエーションが加えられ、江戸時代に小倉百人一首と呼ばれて現在の姿となった、とか。来歴についてはいろいろな学説が残されているが、ややこしいことはここでは省略、省略。内容的には平安期の歌ばかりではないが、全体として平安時代の歌風をよく伝えている。男女の恋情を歌ったものが半数を超え、それもほとんどが満たされない思いを嘆くケースが多い。文語文はもちろんわかりにくいけれど、くり返して読むうちになんとか見えてくるものがある。


　さて、前置きはこのくらいにして……二〇〇八年は〈源氏物語〉の誕生から千年とか、その作者なる紫式部《むらさきしきぶ》（九七八？〜一〇一六年？）の歌から触れていこう。

　小倉百人一首の第五十七番……話は変わるが百首の歌には第一番から第百番まで、おおむね古いものから新しいものへと順番がつけられており、かるた遊びには関係が

ないが索引《さくいん》としては役に立つ。その第五十七番に紫式部の一首があって、

めぐり逢《あ》ひて　見しやそれとも　わかぬ間《ま》に
雲隠《くもがく》れにし　夜半《よは》の月かな

古いかな遣いなのでわかりにくいかもしれないけれど、意味を現代風に直訳して記せば……めぐりあったんですよ、でも見たのかどうか、よくわからないうちに、夜半の月は雲に隠れてしまったわ、くらいのところだろう。

光景はすぐに想像できる。月の夜、なにかの用で外に出ていると、遠くに人影があって、

――あれ、あの人――

と知り人《びと》を見たと思ったとたん雲が月を隠し、月もその人も見えなくなってしまった、ということ。今日の夜、明日の夜、あなたにも、私にも起こりうることだ。それだけの情景を巧《たく》みに詠《よ》んだ歌とも言えるが、もう少しこだわってみよう。

この歌は、もとはと言えば新古今集にあったもので、そこにはこの夜の情況について歌人みずからが若干《じゃっかん》の説明をそえている。〝早くから知っている友だちに、久しぶりに会ったが、すぐに帰ってしまったので〟と記されている。つまり、めぐりあった

相手は幼なじみの女友だちだと言っているのである。

——そうかなあ——

私は気に入らない。

——本当に女友だちなの——

当人がそう書いているのだから信ずるより仕方がないのだが、小説家は古来嘘《うそ》つきだし、紫式部は紛《まぎ》れもない小説家なのだ。

まあ、まあ、まあ、そこまで言っては不遜《ふそん》に過ぎるけれど、私はあえてこの歌でめぐりあったのは、幼なじみなんかじゃなく、古い恋人ではないのか、昔、親しんで、そのまま別れ別れになった恋しい人。それをほのかに見たのではないのか。そのほうが歌がずっと深くなる。

だって、そうでしょう。小学校の同級生に会ったかと思ったら月が隠れて見えなくなってしまった、というのでは、

——どうってこと、ないじゃない——

懐かしければ追いかけて行くなりあらたに誘いかけるなり、再会の方法はありそうだ。いずれにせよ、それほど深く心に留めることではないだろう。

その点、思いを残したまま別れた人となれば事情は一変する。たとえば、

君に似し　姿を街に　見る時の　こころ躍《おど》りを　あはれと思へ

と石川啄木《たくぼく》は詠んでいる。

これとよく似た情況を私は考えてしまうのだ。チラリと見たのが恋しい人なのか、それともよく似た人なのか、いや、いや、恋しい人にちがいないのだが、追いかけるわけにもいかず、たじろいで心をときめかせているうちに月影がいっさいを包み隠してしまった……。このほうがずっと趣《おもむき》が深い。ちがいますか？　紫式部がなんと言おうと、私はこの解釈を固持《こじ》したい。僭越《せんえつ》ながら文学作品の解釈には、ときにはこういう想像もあってよいのではないか。つまり作者を超えて読者の考えがあってもよかろうと……。

それに……くどいようだが、〝めぐり逢ひ《い》て〟という言葉遣いも私の考えにふさわしい。この言葉にはなにかしら運命的な、重い思案が含まれている。幼なじみに出会ったにしては大げさ過ぎる。

だから、いっときは激しく燃えた恋……。しかし、なにかの事情で別れることになってしまい、

——もう一生会うこと、ないのね——

と覚悟していたのに、たまたま〝めぐり逢って〟しまったのだ。驚き、懐かしさ、身じろぎもせずに見つめるうちに相手は月影の闇に消えてしまった。

——いい歌だな——

事実はどうあれ、こちらのほうがすばらしい。新古今集にそえられた情況説明は事実かもしれないが、おもしろ味は薄い。説明書き自体が歌人の韜晦《とうかい》で、秘《ひめ》やかな慕情《ぼじょう》を自分だけのものとして隠したのかもしれない。そんな妄想まで湧いてくる。

お話変わって紫式部の次には〈枕草子《まくらのそうし》〉の清少納言《せいしょうなごん》（生没年不詳）はどうだろう。第六十二番に、

夜をこめて　鳥の空音《そらね》は　はかるとも
よに逢坂《あふさか》の　関《せき》はゆるさじ

とある。夜のうちに鶏《とり》の鳴きまねをしてみたけれど、逢坂《おうさか》の関は通してくれません、である。つまり関所《せきしょ》を開けさせようとして〝コケコッコウ、コケコッコウ、朝が来ましたよ〟とやってみても関所のほうは騙《だま》されませんでしたよ、という情景だ。

――つまらない歌だ――

と思うのは私だけではあるまい。

これは後拾遺集《ごしゅうい》にある歌で、そこに説明がそえられていて、かいつまんで言えば、ある男が訪ねて来て話しあっていたが、夜も明けないうちにそそくさと帰って行った。

翌朝、その男から「昨夜は鶏の声にうながされて帰ってしまい、失礼しました」と伝えてよこしたので、函谷関《かんこくかん》ならともかく逢坂の関は鶏の鳴き声で開けてはくれませんよと、この歌を送った、とある。函谷関というのは中国の地名、難所であり関所があった。孟嘗君《もうしょうくん》なる英雄が敵に捕らわれたが、うまく逃げ出してこの函谷関に到り、ここで鶏の鳴きまねをさせて門を開けさせた、と有名なエピソードが残されている。清少納言は、これに因《ちな》んで、

「ほら、あの有名なお話を思い出しましたよ。あなた、無事に帰れましたか」

と、早々と帰って行った男に軽いジャブをとばし、自分の学の深さをほのめかしたということ。ついでに〝私の関所も固いですよ〟と男の意のままにならないことも匂わせている。

故事《こじ》に因んで歌を詠むのは、よく実践されていたことではあるけれど、知識自慢の女がこれをやると鼻持《はなも》ちならない。やっぱり、

――つまらない歌だ――

ちがいますか？

もう一人の才女、和泉式部《いずみしきぶ》（生没年不詳）はと言えば、第五十六番で、

あらざらむ　この世のほかの　思ひ出に
いまひとたびの　逢ふこともがな

病気のときの歌と後拾遺集にそえてある。気が弱くなっているのかな。〝あらざらむ《ん》〟は死んでいなくなること、〝この世のほか〟と言えば、あの世である。よっても って歌の大意は、私はもうすぐ死にますが、あの世の思い出にせめてもう一度お会いしたいものですねえ、であろう。

未練を残したまま別れた男がいる。人の命の短さを思い、こういう心境になることは、ないでもない。ときどきある。よくあるかどうかはともかく充分に理解ができる。その意味では月並《つきなみ》な心境とも言えるのだが、月並な心境をどう美しく、深く、切実に訴えるか、それが文学の役割でもあるだろう。その点、

――この歌はいい――

切々と迫ってくる。

なぜ、と聞かれても困ってしまう。そう感じるかどうかの問題。鑑賞する人の感性にかかっている。もちろん「好きずきですね」という評価もありうるだろう。六〇～七〇パーセントを超えて名歌と評する声が高いのは本当だ。情熱の歌人、和泉式部らしい名調子と言ってよい。

この和泉式部に娘《むすめ》がいて、その名を小式部内侍《こしきぶのないし》（?〜一〇二五年頃）……いや、いや、いや、名ではなく呼び名と言うべきだろう。往時、女性は名を言うケースは皆無に等しく、役職名とか、だれそれの妻とか娘とかで称されるのが普通だった。紫式部、清少納言、和泉式部、みなそうである。

母親の遺伝子のせいもあってか小式部内侍は早くから歌の才能をあきらかにし、若いみそらで宮中《きゅうちゅう》の歌合わせの会のメンバーに選ばれた。この歌合わせはあらかじめ創《つく》っておいて会合で発表する、というシステムだったらしい。小式部内侍については、つね日ごろから、

「お母さんが創ってやってんじゃないの」

「うま過ぎるもんな」

という噂《うわさ》があったから、このときも藤原定頼《ふじわらのさだより》という中納言《ちゅうなごん》が、

「歌合わせの歌はできましたか」

厭味《いやみ》たっぷりに尋ねた。和泉式部は折しも丹後《たんご》へ行っていて留守だったから中納言はそれを承知でさぐりを入れたのだ。

「ええ」

と戸惑《とまど》う内侍に中納言は、

「お母さんのところへ使いをやりましたか、返事は来ましたか、心細いことでしょうね」

いつも代作をしてもらっているなら、さぞや困惑《こんわく》しているだろう、と勘《かん》ぐったわけだ。

そのとき小式部内侍、少しも騒がず中納言を引き止め、すらすらと詠んだのが、

大江山《おほえやま》　いく野の道の　遠《とほ》ければ
まだふみも見ず　天《あま》の橋立《はしだて》

金葉集《きんようしゅう》に収められ、小倉百人一首の第六十番に記されている。母のいる丹後の国は大江山《おおえやま》、生野《いくの》を通って天の橋立までとても遠いから私はまだ踏み入っていませんし、文《ふみ》も見ていません、という大意。〝いく野の道〟で道を行くことをほのめかし〝ふみも見ず〟は踏《ふ》み入っていないことと文を見てないことをかけている。こういう掛詞《かけことば》のよしあしが歌の技量として重視されていた。小式部内侍が厭味に臆《おく》せず即興《そっきょう》でサラリと詠んだところが、すごいという事情である。中納言は小娘にダメージを与えることができず、ほうほうのていで立ち去ったとか。こんな事情を抜きにして読めば、それほどの名歌とも思えない。

余談ながら二十一世紀の巷間《こうかん》では、

「あなた、教養あるねえ、いつから」

「今日よ」

会話の中にしゃれが入り交じる。駄《だ》じゃれと呼ばれて軽蔑されることがなくもない。このしゃれと掛詞は構造的にはよく似ている。同一と言ってもよい。笑いを狙《ねら》うか、二つのイメージを漂わせて余情《よじょう》を誘うか、目的のちがいがポイントとなるのだろうが、掛詞も一歩まちがえると駄じゃれ同様つまらないものとなること、なきにしもあらず。このあたりの吟味《ぎんみ》は遠い時代の歌を考えるとき忘れてはならない視点の一つだろう。小式部内侍の歌は、どうだろう？


おっと、不公平はいけないよ。和泉式部の娘を紹介したのなら紫式部の娘も忘れてはなるまい。大弐三位《だいにのさんみ》（生没年不詳）と呼ばれ、その歌は第五十八番。

有馬山《ありまやま》　猪名《ゐな》の笹原《ささはら》　風吹《ふ》けば
いでそよ人を　忘れやはする

有馬山も猪名《いな》も兵庫県の地名である。宝塚に近い。〝いでそよ〟は〝ええ、そうよ〟くらいの意味で、そよそよと風に吹かれて鳴る笹の動きとかけている。有馬山の猪名の笹原に風が吹くと、ええ、そうよ、そうよ、そうなのよ、あなたという人を私は忘れるでしょうか、忘れはしないわ、と反語《はんご》になっている。笹原に吹く風が心のざわめきをほのめかし「そうよ、そうよ」というあいづちを誘い出しているわけだが、ポイントは反語の部分の力強さ、思いの深さにこそある、と見るべきだろう。

前にも少し触れたが、あらためて詳しく述べると、小倉百人一首の歌、百首は十点の勅撰和歌集から選んであって、その十点と内訳は、古今集から二十四首、後撰《ごせん》集から七首、拾遺《しゅうい》集から十一首、後拾遺集から十四首、金葉集から五首、詞花《しか》集から五首、千載《せんざい》集から十四首、新古今集から十四首、新勅撰集から四首、続《しょく》後撰集から二首、合計百首である。大弐三位の歌は後拾遺集にあって、そえ書には、ちょっと疎遠《そえん》になっている男から「あなたの気持がよくわからない」と言ってきたので、その返事として詠んだ、とある。

男は自分のほうで疎遠にしておきながら、ちょっと思い出して様子うかがいを寄こしたらしい。女のほうも、ざわめく風か、そよ吹く風か、真情をあきらかにしないまま「忘れてませんよ」と答えている。ヴァレンタイン・デイのチョコレートみたいな歌ですね。女ごころについて深くも取れるし、軽くも取れるし……えっ、だってそうでしょう、ヴァレンタイン・デイのチョコレートは真剣な恋にもなるし笑い話にもなるじゃありませんか。チョコレートはともかく大弐三位の歌は語調のよさが目立つが、情況を考えると、内容的にも思いのほか巧みな歌かもしれない。その気がありそうで、なさそうで、ウッフン……、歌は男女の交際の重要なツールだったのだ。

交際のツールと言えば、夜、訪ねて来るはずの男が来なかったりしたときには女は恨《うら》みと愛とを適度に混ぜ合わせて歌を送る、そのように歌を用いる習慣があったのは本当だけれど、だれしもが〝ほいよ〟とばかりよい歌が詠めるわけではあるまい。次は赤染衛門《あかぞめえもん》（生没年不詳）……ずいぶんいかめしい呼び名だが、これも父親の役名から。なかなかの才女で、他人さまの代作をよくやっていた。小倉百人一首では第五十九番に妹の代作、という歌があって、

やすらはで　寝なましものを　小夜更《さよふ》けて
　かたぶくまでの　月を見しかな

どうせ男は来ないんだから〝やすらはで《わ》〟つまりぐずぐずしてないで、寝てしまえばよかったのに、起きていたものだから夜はどんどんふけて西へ傾く月を見てしまいましたよ、である。

わかりますね。この情況は、この心境は。好むと好まざるとにかかわらず往時は、男が訪ねて来るのを女が待つ、というのが恋愛の基本形であったから、女性としては相手が現われたときには自分の魅力を充分に訴《うった》えること、現われなかったときには、次に男性が来たくなるよう巧《たく》みな手を打つこと、それがもてるこつ、生活の重要条件であった。赤染衛門の妹は、

「ねえ、私、困っちゃったの。彼、来ないのよ。どうしたらいいの」

姉が答えて、

「怒っちゃ駄目《だめ》。恨みっぽいのも駄目よ。さりげなく男ごころをくすぐるのがいいのよ。私が創ってあげる」

くらいのやりとりだったろうか。

さりげなく女ごころを訴えているところが名歌のゆえん。やきもちは狐色《きつねいろ》にやくのがよく、恨み節もほどほどに、さりげなさが漂《ただよ》うのがよろしいようで、はい。

この時代の美女と言えば、どなたもご存じ、小野小町《おののこまち》（生没年不詳）である。どのくらい美しかったかと言えば、絵師が姿絵《すがたえ》を画《か》こうとしたが、あまりの美しさに顔を画ききれず、黒髪を長く垂《た》らした後姿だけに留めたとか。深草少将《ふかくさのしょうしょう》なる男が「百夜通《かよ》え」と命じられ、九十九日通って命絶えた、という話もよく知られている。歌はう

まかったが、美貌《びぼう》を鼻にかけ、ほどよい幸福をつかむことができない、晩年は老残《ろうざん》の身で放浪《ほうろう》し、どくろになっても歌を詠んでいた、などなどエピソードが多彩に創られ語られ、バリエーションも多いが、本当かどうか、おおいに疑わしい。遠い時代の絶《ぜつ》世《せい》の美女だけにフィクションの主人公としてまことにふさわしかった、と、それが実情だろう。出羽《でわ》国の生まれという説が有力で、秋田県はなにかと言えば、

「そりゃ、美人と言えば秋田よ、小町の故里《ふるさと》だからねえ」

と米の銘柄《めいがら》に、新幹線の列車名に〝こまち〟をよく使っている。

小倉百人一首では第九番に、

花の色は　移りにけりな　いたづらに
我身《わがみ》世《よ》にふる　ながめせしまに

と、あって、これも掛詞の妙味《みょうみ》ですね。

表面的には桜の花が長雨にあい、むなしく色を移してしまった、ということだが、そのかたわらで女性の容色《ようしょく》が（作者自身の容色が）むなしく世をながめているうちに衰えてしまった、とも歌っている。〝世にふる〟は雨が降ることと、この世に経《ふ》る、つまり年月を過ごすことを掛け、〝ながめ〟は、ながめることと長雨を掛けて重ねて

いる。春の長雨を見つめて、

「花の命は短いのね」

と思ううちに、

「私だって、ぼんやりしているうちに、みるみる年を取り、色香《いろか》を失っていくんだわ」

美女であればこそとりわけそれを感じたのかもしれない。優雅《ゆうが》に嘆いているところがよいのでしょうね。


小倉百人一首の中核を占める平安時代は、言わずと知れた藤原家一門の全盛期であった。

これより先、中大兄皇子《なかのおおえのおうじ》（六二六〜六七一年）が中臣鎌足《なかとみのかまたり》（六一四〜六六九年）と計らって敢行した大化改新《たいかのかいしん》が六四五年のこと。皇子はやがて天智《てんじ》天皇となり、鎌足は重用され、藤原の姓を帯び、律令《りつりょう》国家への基礎が固まった。その後の藤原氏は朝廷との姻戚《いんせき》を強くして、摂政関白《せっしょうかんぱく》などの要職を占め、荘園《しょうえん》の誕生とともに経済的基盤を確かにしてますます勢力を増大した。一番の隆盛を極めたのが藤原道長《ふじわらのみちなが》（九六六〜一〇二七年）であった。小倉百人一首の歌人たちも藤原家の一員であったり、なんらかの関わりを持つ人が多い。歌道では藤原俊成《しゅんぜい》（＝としなり＝一一一四〜一二〇四年）、定家、る。為家《ためいえ》（一一九八〜一二七五年）の三代が傑出しているが、これもみな道長の子孫である。

その道長の異母兄に道綱《みちつな》（九五五〜一〇二〇年）がいて、母親の身分が低かったためさほど偉くはなれなかったが、この母親、すなわち藤原道綱の母（＝右大将道綱母《うだいしょうみちつなのはは》＝九三六頃〜九九五年）と呼ばれる人がただものではなかった。本朝第一と称される美形で、才媛《さいえん》で、道長の父・兼家《かねいえ》（九二九〜九九〇年）に嫁《か》している。兼家も有力者であったが、これが浮気者、その博愛《はくあい》ぶりに美形の人はおおいに悩まされた。平安朝の日記文学に名高い〈蜻蛉日記《かげろうにっき》〉の作者と言うほうが、

――ああ、あの人ね――

と、わかりやすいだろう。

この人の歌も百人一首の第五十三番にあって、

嘆《なげ》きつつ　ひとり寝《ぬ》る夜《よ》の　明くる間《ま》は
いかに久《ひさ》しき　ものとかは知る

意味は明瞭だ。夫が帰って来ない。嘆きながら一人寝《ね》て待つ夜は、夜が明けるまでどれほど長いことでしょう、あなた知ってますか、知らないでしょうね、である。現

代でも充分に通用する女性の嘆きですね。

　平安時代の男たちは複数の愛人を持つことが習慣的に許されていたから、この歌のような情況はけっして少なくはなかっただろう。その中にあって、この歌人の夫はことさらに浮気者と言われているのだから、やっぱり標準を超えて博愛主義者だったらしい。歌人のほうも人一倍一途《いちず》であったか、嫉妬《しっと》深かったか、当時の風潮をふまえて相対的に考えないと真相はさぐりにくい。まあ、二十一世紀にあっては、どう考えても夫・兼家のほうに分がないだろう。

「ミス平安朝と言われるほどの奥さんなのに、なんで？」

　という疑問は当然湧いてくるけれど、そこが男女関係のむつかしいところ。現代でも、

「奥さんがあんなにきれいなのに、なんであんなにヘンテコな女とくっつくの」

　と指弾《しだん》される亭主《ていしゅ》はいないでもない。

　話はひどく俗《ぞく》っぽくなってしまうが、男性は女性のどんなところを長所と見て惚《ほ》れ込むのだろうか。〝気惚れ、顔惚れ、床《とこ》惚れ〟という言葉がある。気惚れは女性の心ばえが愛らしくて好きになってしまうケースである。顔惚れは容姿のよさに惚れ込んでしまうケースである。そして床惚れはベッドに入ってからのサービスがすてきなのだろう。俗っぽいけれど一つの目安かもしれない。

もう一つ、微妙に蠢《うごめ》く女性心理のあやを漂わせた歌を紹介しよう。第三十八番にある右近《うこん》（生没年不詳）の歌だ。

忘らるる　身をば思はず　誓《ちか》ひてし
人の命《いのち》の　惜しくもあるかな

あなたに忘れられてしまう私のことなんかなんとも思わないわ。ただ固い誓いを交わしたあなたのお命が惜しまれてならないのです……。

おい、おいおい、

「これ、どういうことなの？」

自己卑下《ひげ》が過ぎるんじゃないの？　それに、相手の男はいま死にそうなのかね？

古来いくつかの解釈が、詠み手の真意を求めて囁《ささや》かれている。

一般論として言えば、女性が「私のことなんかどうでもいいの」と言ったとき、男性は、

「ああ、そうなの」

と言葉通りに解してはなるまい。

すねているか、開き直っているか、とにかく逆説的な表現として受け取るのがよろしい。ね、そうでしょ。

「私のことなんか忘れたっていいのよ」

これも同様だ。

右近はそれを言いながら相手の命を慮《おもんぱか》っている。相手はことさらに重病ということではなく〝人の命の惜しくもあるかな〟は「お元気ですか、ご病気など体に障《さわ》ること、ありませんよね、心配してます」くらいの配慮だろう。都はるみさんなら〝あなた変わりはないですか〟と歌うところだ。

——控《ひか》えめな女性だ——

と思うのは、やっぱり男のあさはかさ。執念《しゅうねん》をうちに秘めてむしろ恐ろしいかも。

右近の歌も、

「自己犠牲《ぎせい》的で、けなげな女性だねえ」

という評価が（昔は）あったらしいが、時の流れるにつれ、

「貞女《ていじょ》ぶった、いやな女だ」

とまで言われ、さらに、

「男の命が気にかかるのは、彼女が呪《のろ》っているからだよ。呪って呪って呪い殺そうと神仏に願っている。そうしながらも〝やっぱりかわいそうか。一度は好きになった男

だもんね〟くらいの心境だろ」

という説もある。

右近は恋多き女であったとか。ひところは親しかったものの、このごろは冷たい男に少し純愛、少し皮肉、少し恨《うら》んで、ちょっとしたジャブを送ったのかもしれない。さほど深刻に考える情況ではないのかもしれない。意味をぼやかし、読み手の真情を曖昧《あいまい》にしておくのも歌の道であり、恋愛ごっこのこつ、でしょうね。

第二話　待てど暮らせど

〝尾生《びせい》の信《しん》〟を知っていますか。

尾生は男の名前。実在したかどうかはともかく、恋しい女と橋の下で会う約束を交わし、じっと待っていたのだが、女はいっこうにやって来ない。そのうちに川の水かさが増し、待ち続けるうちに溺死《できし》してしまった。中国の古典〈荘子《そうじ》〉にあって、愚《おろ》かなまでに固く約束を守ることを言う。

確かに、あんまり利巧《りこう》とは言えない。

しかし芥川龍之介《あくたがわりゅうのすけ》が弁護して〈尾生の信〉という短編小説を書いて〝待つこと〟のあわれさとユニークな考えを示唆《しさ》している。待ちながら女を思う心はいとしいではないか。そして死んだ尾生の魂《たましい》は体を抜け出し、月の光に誘われて天の高みにうろうろと昇って行く……。明晰《めいせき》な文人は綴《つづ》っている。

〝それから幾千年かを隔てた後、この魂は無数の流転を閲《けみ》して、又生を人間《じんかん》に託さなければならなくなった。それがこう云う私に宿っている魂なのである。だから私は現代に生れはしたが、何一つ意味のある仕事が出来ない。昼も夜も漫然と夢みがちな生活を送りながら、唯、何か来るべき不可思議なものばかりを待っている、丁度《ちょうど》あの尾生が薄暮の橋の下で、永久に来ない恋人を何時までも待ち暮したように〟（現代表記に改めた＝編集部）

と作品を結んでいる。〝待つこと〟はつらいけれど、なにかしら人生について、人間について尊い思案《しあん》を与えてくれることが、ないでもない。まったくの話、待ち人がすぐに現れたら、楽しいことばかりがいっぱい、ろくに思い悩むことができない。来なければ、なぜだろう、おれはいい気になり過ぎているのではないか、人生は苦しいことにも耐えなければなるまい、いろいろ考えて思慮が深くなる。

小説家について言えば、この体験が彼によい作品を書かせてくれる。恋人とすぐにイチャイチャしているようではたいした文学は創《つく》れない。ちがいますか。

閑話休題《かんわきゅうだい》。

小倉百人一首には、この方面の名歌はたくさんあって、まずはこの歌集の撰者《せんじゃ》とも目《もく》される藤原定家《さだいえ》（＝ていか＝権中納言《ごんちゅうなごん》定家）の歌。第九十七番は、

来《こ》ぬ人を　まつほの浦《うら》の　夕《ゆふ》なぎに
焼くや藻塩《もしほ》の　身《み》もこがれつつ

なかなかの名調子だ。

来ない人を待っているのである。そこは淡路島《あわじしま》の北端の松帆《まつほ》の浦。近くで藻塩《もしお》草を火で焼いて塩を作っている。しかも夕《ゆう》なぎどき。風ひとつ吹かずジリジリ、ジリジリ……なのに待っている人はいっこうに現れない。身も心も焦《こ》がれてしまう。文学史的には、男を待つ女の立場になって定家が詠《よ》んだ、ということだが、男が待つ側だって同じ情況、同じ心境だろう。〝待つ〟と〝まつほ〟が掛詞《かけことば》になっていることは言うまでもない。じりじりとした思いが、みごとに伝わってくるところが、この歌のリアリティだ。

第二十一番に素性法師《そせいほうし》（生没年不詳）の一首があって、

今来《こ》むと　いひしばかりに　長月《ながつき》の
有明《ありあけ》の月を　待ち出《い》でつるかな

作者はお坊さんだが、これも女の立場で詠んだのだとか。当時は習慣的に〝待つ〟のは女の側の役割だった。

——自分が待たしておきながら相手の心なんかを詠んだりして、いいのかよォ——

と、この批判はありうるだろう。が、それはともかく、

「今来《ん》む」

と……つまり「今、行きますよ」と相手が言ったのである。だから待っていたのである。ところが、それを言った相手がなかなか現れない。ぜんぜんやって来ない。待つほうは律儀《りちぎ》に待って、待って、待ち続け、その名も〝長月〟という夜の長い九月の夜が明けかかり、明け方の月を見るまでになってしまった。まったく恨《うら》めしい。

この解釈で万事ＯＫと思うのだが、いや、いや、いや、デートの約束をしたのは、かなり前のことで、こころ待ちにしているうちに星流れ時移り、いつしか長月になってしまい、出したくもない〝有明の月〟なんかを待って出してしまう羽目《はめ》に陥《おちい》った、という、かなり長い時間のスパンでとらえる説もあるらしい。

——そんな馬鹿《ばか》な——

と思わないでもない。

「今来む」と言って何ヵ月も待つなんて……待たせるなんて、事実なら当時の女性はそういう待ち方、待たされ方をすることがあった、という切なさですね、これは。

私はと言えば、ずっと、ずっと昔、すてきな女性から、

「近々、お会いしたいわね。ご連絡いたしますから」

と言われ、そのまま何年もなんの音沙汰《おとさた》もなくそのまま今日になってしまった、と、今さらのように思い出しました、はい。

ついでにもう一つ、思い出したことを綴っておけば、三島由紀夫（一九二五〜一九七〇年）がこんなことを書いている。

〝駅の前などでよく待ち人がたくさん立っている。その一人一人が何分待たされているか、時計で計ってみるがよろしい。まず二十分以上待たされている女があって、なお彼女がそこを去りがてにしているなら彼女は来るべき男とすでに肉体関係があると思ってもいい。もし男が二十分以上待たされていたら、その男は来るべき彼女と、まだ肉体関係がないのだと思っていい。十中八九、肉体関係を持つまでは女のほうが強く、持ってからは男のほうが強いという法則が、つまりその勝敗がこんな待ち時間によくあらわれている〟（『不道徳教育講座』より）

一般論としては、そうかもしれないが、昨今、男女のビヘイビアもだいぶ変わってきているから、一概には言えないだろう。あなたは、どうですか。

待たされるのは厭《いや》だが、だれかに待たれるのは、おおむねとてもうれしい。「待ってますよ」と一声かけられるだけで心が弾《はず》む。〝ああ、日本のどこかに私を待ってる人がいる〟なんて心の温まる歌詞があるじゃないですか。谷村新司さんの作詞・作曲です。確か〈いい日旅立ち〉山口百恵《ももえ》さんが歌ってましたね。そこで今は昔の小倉百人一首の第十六番、中納言在原行平《ありわらのゆきひら》（八一八〜八九三年）の歌を挙げれば、

立ち別れ　いなばの山の　峰《みね》に生《お》ふる
まつとし聞かば　今帰《かへ》り来《こ》む

行平は、平安時代のプレイボーイとして知られる在原業平《なりひら》の異母兄、この人もなかなかの情熱家だった。この歌の舞台は因幡《いなば》の国（鳥取県）、あの白うさぎの民話で名高い地方へ行平が地方長官として赴任《ふにん》するときに詠んだもの。おそらく見送りの人たちに向かって軽《かろ》やかに訴えた一首だろう。その内容は……私は皆さんとお別れをして因幡の国へ発《た》って行きますが、あの国でよく知られた松山に因《ちな》んで皆さんが「待つ」とおっしゃるのを聞いたら、すぐ帰って来ますよ、くらいだろう。長官として行くのだから、

――「待つ」と聞いたって、そうそう簡単には帰って来られないんじゃないの――という意見はひと理屈ではあるけれど、これは行平長官のリップ・サービスのようなもの。実際に帰って来られるかどうかはともかく〝私の気分はこんなところですよ〟だろう。

よい歌かどうか。

ポイントは因幡の国の松と〝待つ〟とを掛けたところ。それだけのことだから、つまらないと言えばつまらない。だが、なんとなく調子がいい。軽くて、明るい。別れにつきもののじめじめした感じが薄い。それに……花粉症に悩む人は〝杉〟と聞いただけで鼻がクシュクシュしてくると言うではないか。杉とし聞かば今鼻をかむ、関係ないか。えーと、そう、そう、男女の仲においても別れに際して「待ってますよ」と聞いたら「きっと帰って来ますよ」と答えたい心理はおおいに働くだろう。こんな体験があれば、峰に立つりっぱな松を見ただけで、

――あの人、待っててくれるかな――

それなりの感慨が胸に浮かぶこともあるだろう。だから〝まつとし聞かば今帰《かえ》り来《こ》む《ん》〟は、わるい文言《もんごん》ではない。私は好きである。小倉百人一首の歌たちは、こういう掛詞の巧《たく》みさ、おもしろさが特徴の一つであり、

「松なんかいくら見たって恋しい人が待ってるとは限らんだろ」

と言っては身《み》も蓋《ふた》もない。行平の歌は古今《こきん》集にあるものだが、古今集の技巧の一端を軽やかに示している、と見てもよいだろう。

在原行平の場合は長官として赴任するのだから、多少は都落《みやこお》ちの悲哀《ひあい》があったかも

しれないけれど、暗くはない。最悪ではない。リップ・サービスであれ強がりであれ、軽く明るく詠むことができる。その点、こうした別離にはもっとつらい情況もあって、第十一番、小野篁《おののたかむら》（＝参議篁《さんぎ》＝八〇二～八五二年）の場合は流刑《るけい》である。罰《ばつ》としての島送りだから別れはつらい。なにを咎《とが》められたかと言えば遣唐使《けんとうし》に選ばれたのに、

「おれ、厭《いや》だもん」

仮病《けびょう》を使って船に乗らなかったからである。

もう少しくわしく述べれば、二度も出発したのに嵐に遭《あ》って引き返し、三度目もボロ船に乗せられそうになったから、たまらない。ほかに人間関係のトラブルもあったりして勅命《ちょくめい》にさからったのだ。そうと知れば篁の気持ちも理解できる。人間万事命あってのものだねだ。流刑の先は島根県の隠岐島《おきのしま》、そのとき別れの気持ちを込めて歌ったのが、

わたの原《はら》　八十島《やそしま》かけて　漕《こ》ぎ出《い》でぬと
人には告げよ　あまのつりぶね

〝わたの原〟は海である。〝八十島〟はたくさんの島々である。〝あまのつりぶね〟は海辺に散っている漁船である。その漁船の漁師たちに向かって、私が大海原《おおうなばら》へ漕ぎ出

し、たくさんの島々目がけて去って行ったよ、と都の人たちへ伝えておくれ、が大意である。

このさりげなさ……。大げさに嘆《なげ》いたり、わめいたりしない。悲しみも恨みも心の奥に隠し、どこまでも淡々《たんたん》と、ただ一隻《せき》の船が沖《おき》へ向かって滑って行ったよ、と、それだけの風景を詠《えい》じている。そのことがかえって孤独感を訴え、余韻《よいん》を残している。教養ある人の美意識だろうか。遣唐使（それも確かこの人は副官）に選ばれるくらいの人物だから、みっともないことはやらないと思いたいところだが、当人は必ずしも人格円満の人がらではなかったらしい。人格と文学は異なることが多い。しかし歌集の中では人格は無視、けだしこれは名歌と称してよいだろう。

歌のテーマを〝待つ〟ことに戻して、第二十六番、貞信公《ていしんこう》こと藤原忠平《ふじわらのただひら》（八八〇～九四九年）の歌では、

小倉山《おぐらやま》　峰《みね》の紅葉《もみぢ》ば　心あらば
今ひとたびの　みゆき待たなむ

とあって、この人、忠平はかなり偉い。充分に偉い。栄華《えいが》を極めた道長《みちなが》の曾祖父《そふ》に

当たり、摂政《せっしょう》・関白《かんぱく》に就《つ》いている。温厚で、良識的な人がらであったとか。

時は上皇《じょうこう》と天皇がともに君臨《くんりん》していた頃であり、宇多《うだ》上皇が小倉山を訪ねたところ、まことに紅葉《もみじ》が美しい。

「みごとだな」

「はい。以前に天皇もおみえになりました」

「おお、そうか、そうか。こんなに美しいのだから天皇ももう一度来たらよろしいな」

「まことに」

この上皇の気持ちを醍醐《だいご》天皇に伝えるべく、上皇に随行《ずいこう》していた忠平が詠んだ、というわけ。もみじ葉《ば》よ、おまえたちに心があるならば美しく映《は》え続けて、もうひとたびの行幸《ぎょうこう》を、天皇のおいでを待つがよかろう、である。宇多上皇と醍醐天皇は実の親子だ。父ちゃんがいい景色を見て「こんなにきれいなんだから、うちの息子ももう一度見に来ればいい」と言ったのなら庶民的な風景だが、上皇と天皇と、しかも代作となると……家臣のリップ・サービス、まあ、月並の歌、と評してよいのではあるまいか。小倉山の紅葉のほうも心があるのかどうか、私見を述べれば多分、訪ね来る人を相手にみな平等に錦《にしき》の美しさを提示しているはずですね。

小倉百人一首の順番は、すでに触れたようにある程度時代の順序を、古いものから新しいものへと踏んでいる。忠平の歌の二つ前、第二十四番に菅家《かんけ》の歌があって、

　このたびは　幣《ぬさ》もとりあへず　手向山《たむけやま》
　紅葉のにしき　神のまにまに

菅家とは、すなわち菅原道真《すがわらのみちざね》（八四五～九〇三年）のこと。

道真公は、忠平の兄・藤原時平《ときひら》らの陰謀《いんぼう》にかかって失脚《しっきゃく》、九州の太宰府《だざいふ》に流されて不遇《ふぐう》のうちに没《ぼっ》した英傑《えいけつ》であったが、首謀者《しゅぼうしゃ》の弟の忠平とは親交が深く、都と太宰府とのあいだでずっと文通が続いていたようだ。

第二十四番の歌の意味は……古今集にあるそえ書によると、朱雀院《すざくいん》（宇多上皇）に随行して手向山に来たときのことであり、歌の意味は〝このたびは〟（この旅は、の意味を含む）急なことだったので幣の用意も不充分だったが、来てみれば紅葉の錦がとても美しく、これを手向《たむ》けて神の御心《みこころ》のままに受けていただきましょう、くらいだろう。幣というのは神社で神主《かんぬし》さんがばら撒《ま》く紙片のこと。昔は色とりどりの絹《きぬ》を小さく切って神に奉じていた。急な旅では充分に仕度《したく》ができなくても仕方ない。その代り紅葉が散ってこれがすばらしい天然《てんねん》の幣みたい。手向山の名に因んで神に手向けま

しょう、さし出しましょう、という心意気だ。菅原道真は学問の神様とまで称された人。歌も巧みだった。しかし、この歌は、まあ、並ですね。

松は〝待つ〟に通じているが、それとはべつに〝いつまでも緑を保つ〟ことから永遠や不変の象徴としても親しまれている。新年の門松、松飾り、みんなこのでんだ。松竹梅とくれば松が一番上位である。古くから身辺に繁る植物だから、

誰《たれ》をかも　知る人にせむ　高砂《たかさご》の
松も昔の　友ならなくに

と藤原興風《ふじわらのおきかぜ》（生没年不詳）が第三十四番で歌っている。

高砂は現在の兵庫県高砂市のこと。そこの高砂神社には古くから相生《あいおい》の松があって、これは同じ根っこから雄松と雌松と、二つの幹《みき》が伸びているスタイル。でも松は雌雄《しゆう》同株、つまり雄花も雌花も同じ木に咲くのが普通だから、幹によって雌雄を分けるのはむつかしいのではないか。古来、巷間《こうかん》では黒松を雄松、赤松を雌松と分けている。

ならば、

――なるほど、そういうことか――

と納得が広がる。こういう事情なら黒、赤べつべつの幹というケースもありうるだろう。

いずれにせよ高砂の松がよく知られていたから歌人もそれとなくその松を思い起こして詠み込んだのだろう。歌の意味は、だれを友だちにしたらよいのだろうか、友人知人はあらかた死んでしまって、だれもいない、せめて高砂の松を……長命と相愛で知られる松を友だちにしたいところだが、これも昔からの知り合いというわけではない、まったくどうにもならん、である。若い人にはわかりにくいかも。解釈はできても実感は薄いだろう。年の頃なら（現在の寿命、平均年齢に移して考えれば）七十代の後半くらい、後期高齢者である。寄ると触《さわ》ると、

「鈴木さん、亡《な》くなったそうだね」

「へえー、このあいだ高橋さんが倒れたって聞いたばかりなのに」

「えっ、高橋さんも亡くなったの？」

「佐藤さんも危ないんだって」

と、まあ、周辺に多い苗字《みょうじ》を三つ並べて、他意はないけれど、とにかく生きている限り後期高齢者は友人知人の訃報《ふほう》をよく聞く。そしてやがてはだれもいなくなる。自分の長命を単純に喜んでいるわけにもいかない。

――おれもそろそろだな――

お迎えのときを考えて首筋が寒くなる。

高砂の松もこんなところで引きあいに出されて、むしろ迷惑《めいわく》かもしれない。が、それはともかく、

「なんでしたら私のこと、友だちにしてくれてもいいんですよ」

と松が呟《つぶや》いても、歌人のほうは、

「そう都合《つごう》よくいかんのだよ。噂《うわさ》は聞いて知ってるけど、私、あんたのこと、見たこともないんだから」

歌人の家の近所に高砂の松があった、という事情ではあるまい。ある日の思案の引きあいに出しただけだ。

結句《けっく》、これは悲しい歌ではあるけれど、現実を覚《さと》って達観《たっかん》したような調子があり、

――このお爺《じい》さん、これが言えるなら大丈夫みたい――

そんな気がしないでもない。

もうひとつ、松について触れれば、京の都から遠く離れて宮城県は多賀城《たがじょう》市に、末《すえ》の松山があったとか。歌枕《うたまくら》、すなわち歌によく詠まれる地名であり、このケースも噂は聞いていても都人《みやこびと》が実際に訪ねて行って知っている名所ではなかったろう。宮城県はまことに、まことに遠かった。地形としては、海辺の小高い丘に松が生《お》い繁ってい

たにちがいない。

大波が寄せて来ても……チリ地震のあと津波警報がしかれるようなときでも、この松山を波浪《はろう》が越えることはけっしてなかった、と、これがこの歌枕の特徴であった。

それゆえに、

契《ちぎ》りきな　かたみに袖《そで》を　しぼりつつ
末《すゑ》の松山　波こさじとは

清原元輔《きよはらのもとすけ》（九〇八〜九九〇年）が第四十二番で詠んでいる。後拾遺集《ごしゅうい》にこの歌へのそえ書があって、心変わりした女へ送る歌を元輔が代作したらしい。歌の意味は、約束したじゃないですか、二人で涙《なみだ》の袖をしぼりながらね、あれは末《すえ》の松山をけっして波が越さないのと同じくらい確かな約束だったでしょ？　と少し恨んでいる。軽くいなしている。が、切実感は薄い、みたい。

──代作だから──

当人が恨むのとはちがう。それに、

──末の松山って、向こうのほうだろ、ずーっと遠くだろ。見たこともないし──

ただの噂である。この点でも切実さは感じにくい。加えて、袖を濡《ぬ》らして涙ながら

に約束したのと、大波が松山を濡らすのと、

——譬《たと》えが少し飛躍しているんじゃないの——

もちろん涙で袖を濡らすのと、海辺で袖を濡らすのと、イメージの交錯《こうさく》はあるのだが、いまいちピンと来ない……私には。あえて想像を膨《ふく》らますならば、仲がよかったころ二人で海辺へ散策に出かけ、戯《たわむ》れておたがいに袖を濡らしちゃったりして、

「あら、こんなに濡れちゃったわ」

「よし、しぼろう」

「あなたのも、しぼってあげる」

と、しぼりあい、

「ありがとう」

「いつまでも、愛しあいましょうね」

「うん。みちのくの末の松山……」

「なんのこと？」

「どんな大波が来ても絶対に松山を越さないんだってサ」

「あ、そうなの」

「おれたちの愛も〝絶対に〟変わらないぞ」

「そうね」

くらいのことが過去にあって、ああ、それなのに女が裏切った……いや、いや、事実の有無はともかく、そんな情景を文学的に訴えた、という解釈は、当たらずとも遠からず、ですね。

なお、この部分、あなたはきっと考えるでしょうが、東日本大震災のことは忘れてください。

恋に悶《もだ》え、裏切りに痛むときには泣くのが普通。昔の人は泣いたときには着衣の袖で拭《ぬぐ》った、すると袖が濡れる。一方、外出の道すがら海や川のほとりに立つことはしばしばあっただろうし、なにかの拍子で衣裳《いしょう》の濡れることもあったろう。涙に濡れることと、海や川の水に濡れることとがイメージとして結びついて歌に詠まれることが少なくなかった。現代ではあまりないケース。悲しい恋に涙するケースは男女ともどもいくらでもあろうけれど、まあ、ほとんどの場合、背広の袖やドレスの袖で拭ったりはしない。

「ハンカチ、持ってないの?」

「放っておいてくれよ」

掌《てのひら》で拭う。坂本九《きゅう》さんなら上を向いて歩くだろうし、〈カスバの女〉なら〝涙じゃないのよ、浮気な雨にちょっぴりこの頬《ほほ》濡らしただけさ〟とごまかす。枕を濡らしたり手紙の文字を滲《にじ》ませたりすることはあっても袖でこすっている姿は現代の詩歌《しいか》にはあまり登場しない。でもわが親愛なる小倉百人一首では、

見せばやな　雄島《おじま》のあまの　袖《そで》だにも
濡れにぞ濡れし　色はかはらず

第九十番、殷富門院大輔《いんぷもんいんのたいふ》（生没年不詳）の歌だ。女性である。殷富門院までが偉い皇女《こうじょ》の称号で、この歌の詠み手は彼女に仕える女房《にょうぼう》で、大輔と呼ばれていた。歌はすこぶる巧みだったらしい。

恋の歌である。歌合せ、つまり歌会《うたかい》のときに恋の歌として詠んだものだとか。恋の歌なら恋の歌らしく、楽しい恋、苦しい恋、恋ってものをきちんと歌えばよろしかろうに、名人上手《じょうず》となれば、そういう簡単なことはしない。言ってみれば間接話法だ。あなたに見せてあげたいわ、雄島で働く漁師の袖だってビショ濡れになっても色が変わらないのよ、であって、

「それがどうした？」

と言いたくなるが、それは素人《しろうと》のあさはかさ。玄人筋《くろうとすじ》の解釈では、なのに私の袖は苦しい恋の涙ですっかり色が変わってますのよ、それくらい泣いたんだから……憎《にく》ら

しい人に見せてやりたいわ、となる。

「へえー、そういうことなんですか。今わかりました」

ですね。雄島というのは、これも玄人筋の知識では宮城県は松島《まつしま》群島の中の一つ、歌枕であり、歌人が実際に赴《おもむ》いて見聞しているわけではない。涙で色が変わったのは染料が溶け落ちたのではなく血の涙で赤く染まったのである。〝あま〟は〝蜑〟と書くこともあって、これは〝海女〟ではなく〝海人〟、男女を含む。元はと言えば、中国で漁撈《ぎょろう》を営《いとな》む少数民族の謂《いい》である。

小倉百人一首の歌について言えば、いろいろな知識や約束事が伏在《ふくざい》していて、だが当時の教養人なら、

──はは一ん、なるほど──

いちいち説明なんかしなくたってわかったのだ。この恋歌をしていい歌かどうか、私はもっと直截《ちょくせつ》のほうが好みだけれど、ピッチングで言えば変化球の妙《みょう》でしょうね。歌っていないことを訴えるという手法である。

似たような発想から第九十二番、二条院讃岐《にじょういんのさぬき》（一一四一頃〜一二一七年頃）の歌が創《つく》られて、

わが袖は　潮干《しほひ》に見えぬ　沖《おき》の石の
　人こそ知らね　乾《かわ》く間もなし

ここでは干潮《かんちょう》になっても姿を見せない、そのくらい深いところにある沖の石だから、これはもう、まるっきり濡れているはず。〝雄島のあまの袖〟どころではない。海水を被《かぶ》りっぱなしである。そしてこの歌の大意……。私の着衣の袖は、そのくらい涙で濡れて濡れて乾く間もないのに、あの人は知らないでしょうね、と嘆いている。まことにわかりやすい。

「海の底の石なんか、そりゃ濡れているだろうけど、見えるわけないだろ」
「だから〝人こそ知らね〟なんだ。だれも知らんだろ、ってわけ。知らんけど、濡れてるのは確実で、あんた、それわかってる？　そういうことよ」
「ふーん」

よくよく想像をめぐらしてくださいよ、という心だろう。詠み手は二条院という偉い女性に仕えた讃岐という女房で、歌の巧みさが彼女の売りであったらしい。この人がどういう恋をしたかはわからないが、千載《せんざい》集のそえ書によれば〝石に寄せて恋という心を〟とあって、これは、まあ、恋ごころって、こんなもんじゃないですか、と沖の石を思い浮かべながらイマジネーションを膨らませた、という事情だろう。他人事《ひとごと》っぽい、と言うか、評論家的と言うか、ひしひしと迫るものがない。それにしても、往時はこういう恋が多かったのだろうか。もしそうならマゾとちがうか。いや、いや、恋をする以上、そのくらいの覚悟《かくご》を持ちなさい、ということかもしれない。〈源氏物語〉あたりを見ても女の恋は根源的に切ないところばかりがあった時代である。

話は飛ぶが、歌枕についてもう少し述べておこう。これは〝和歌にしばしば詠み込まれる特定の名所〟のことだが、当時の人々はそう繁《しげ》く旅をしたわけではない。もちろん、いわく因縁《いんねん》のある名所だから、

「私、このあいだ、行ったのよ」

「あら、そうなの。私も行ってみたいわ」

実際の見聞と関わりを持つケースもあっただろうが、どちらかと言えばイメージ先行の傾向が強かったろう。耳学問、あるいは書物からの知識として心得ていて、

——あれを歌の中に詠み込もうかしら——

和歌作法の一パターンでもあったろう。それも一つの技法であったろうが、一般論として言えば文学は風土と深い関わりを持つもの、舞台となる土地について実体験を抜きにして知識だけで描写してしまうと、

——なんだか現実味が薄いんだよなあ——

ということになりかねない。逆に言えば、しっかりと風土をわきまえていると、

——そう、こういう感じなんだ、あそこは——

えも言われない臨場感《りんじょうかん》が込みあげてきて、これが文学鑑賞の大きな楽しみとなる。歌枕の利用は、こういう文学の属性《ぞくせい》を形式化し、意図的に削《そ》いで別種の表現法としたもの、と見てよいだろう。名所を示して先人たちの歌ごころを軽く匂《にお》わせながら観光案内的味わいをそえ、教養を加味したもの、それが和歌という短い文学にふさわしかったのだろう。

長い作品には耳学問的知識は向かない。名作〈風とともに去りぬ〉ではアメリカ南部の風土について体験的に熟知《じゅくち》していなければ、とてもあの雰囲気は出せない。国木《くにき》田独歩《だどっぽ》の〈武蔵野《むさしの》〉は明治期の武蔵野を徹底的に歩きまわって綴った名品だ。

稀《まれ》には逆の例もあって水上勉《みなかみつとむ》の代表作〈飢餓海峡《きがかいきょう》〉は、

「あれを書いたとき、おれ、下北《しもきた》半島の先端とか、知ってたわけじゃないんだ。二十五万分の一の地図を見《も》たりしてさァ」

作者自身が漏らした述懐《じゅつかい》である。熟知せずに、さいはての風土を細かく綴ったのだ。天晴《あっぱ》れ、作品はみごとな嘘《うそ》と言うべきだろうか。

さらに言えば古今《ここん》に冠《かん》たるシェイクスピア、この人はいろいろな土地を舞台にしてドラマを書いているけれど、土地への見聞はまったく薄い。〈ベニスの商人〉？　べ

ニスになんか行ってない。デンマークの王子〈ハムレット〉？　デンマークにも行ってない。スコットランドを舞台にした〈マクベス〉だって、わりと近いのに本当に訪ねていたかどうか、かなり怪《あや》しい。とにかく風土の匂いの乏《とぼ》しい作家である。

あえて言えば、相当にいい加減。世界文学の名作の中で風土の匂いを感じさせないもの、その筆頭がシェイクスピア、例外的存在と言ってよいだろう。この作法は現代では、あまりお勧めできない。

だいぶ脱線してしまったが、歌枕は名所旧跡を詠みながら必ずしもその風土を実感させないユニークな技法、こういう指摘は和歌文学論としていかがだろうか。

第三話　春から夏へ

雪の下で水音がコロコロと鳴って春が来る。

あるいは夕風がさやさやと涼しく吹いて秋が来る。

冬の寒さ、夏の暑さはつらいけれど、この国に四季があるのはすばらしい。変わりめがとてもいとおしい。氷原ばかりをながめているのはせつない。一年中砂漠の風景というのも悲しい。

昨今は地球温暖化のせいもあってか私たちの周辺も異常気象に見舞われているけれど、やはり大和《やまと》の国は春夏秋冬の顕著《けんちょ》なところ、大自然との関わりは変幻《へんげん》自在《じざい》、多彩であり、趣《おもむき》が深い。文学、とりわけ詩歌は、そのことを如実《にょじつ》に示している。小倉百人一首の中に、ここでは春から夏へと移り行く情緒《じょうちょ》を追ってみよう。

まずは第十五番、光孝《こうこう》天皇（八三〇〜八八七年）の歌から。

君がため　春の野にいでて　若菜《わかな》摘《つ》む

わが衣手《ころもで》に　雪は降りつつ

早春ですね。歌の意味は明快そのもの。あなたのために春の野に出て若菜を摘んでいると、私の衣の袖《そで》に雪が降りかかります、ですね。詠《よ》み手は第五十八代の天皇だから、

「天皇が寒いときに原っぱに出て菜っぱなんか摘んだりするの？」

という疑問は当然出るだろう。

「うーん」

むつかしいところですね。古今《こきん》集にあるそえ書では天皇がまだ皇子《おうじ》であったころ、ある人に若菜を賜《たま》わったときに、とある。皇子自身が摘んだわけではなく、春の七草のどれかを人に賜わりながら、

「うん、これを摘むとき雪がチラチラ落ちてきてねぇ、袖に降りかかったよ」

若菜摘みの風景を想像しながら、わがことのようにフィクションを交《まじ》えて創《つく》ったのだろう。

そこで……若菜をいただく〝ある人〟はだれなのか。

まあ、女性でしょうね。確かなことはわからない。皇子の恋人となると、複数の相手がいたことだろうし、特定の相手ではなく、この点でもフィクションであったのか

もしれない。

話は変わるが、小倉百人一首は現代では、カルタ遊びの道具として用いられることが多い。五七五七七、一首全部を記した読み札《ふだ》（たいていは歌の詠み手らしい人の絵がそえられている）と、下《しも》の句七七を太字で記した取り札からなり、読み札を読み始めたところで下の句を察知して取り札を取る。たとえば、

「君ぃがぁためぇー、春のぉ野に、いでてぇ若菜つぅむぅ……」

と読み手が伸ばし伸ばし読むのを聞き、競技者は、

――下の句は〝わがころもでにゆきはふりつつ〟だな――

と、それを記した札を捜し、手をひるがえして、

「はい」

声を出さなくてもいいけれど、その札を払い取るわけだ。まあ、どなたもおおよそのルールはご存じですね。

ところが、この光孝天皇の歌、競技の現場では少し厄介《やっかい》なところなきにしもあらず。一つは同じ〝君がため〟で始まる歌が小倉百人一首の中に、もう一つあって、すなわち〝君がため　惜《お》しからざりし　命さへ　長くもがなと　思ひけるかな〟（第五十番＝藤原義孝《ふじわらのよしたか》）があって、初めの五文字を聞いただけでは、どっちを取っていいかわからない。まちがうと〝お手つき〟という反則になる。そこで六文字めが〝は〟なのか

〝お〟なのか、そこを聞きわけて手を伸ばさなければならない。この判断はカルタ取りの上手たちの常識である。

しかし、もう一つ、この歌は下の句にも紛《まぎ》らわしいところがあって、もう一枚、下の句に似たような札がある。すなわち〝わが衣手《ころもで》は露《つゆ》にぬれつつ〟（第一番＝天智《てんじ》天皇）だ。取り札は全部ひらがなで書いてあるから、

わがころもでにゆきはふりつつ

わがころもではつゆにぬれつつ

似てるんだよなあ。以上二つの観点から〝少し厄介〟と綴《つづ》ったわけである。もちろん、

「だからこそおもしろいんだよ」

という考えもあり、とりわけ上の句の五文字〝きみがため〟についてはフィフティ・パーセントの法則が明らかに利用できる瞬間がある。これは勝負ごとにはつねに伏在《ふくざい》しているテーマであり、一般的には五〇パーセントの確率で二つに分かれているときには両方に目配《めくば》りをしておくビヘイビアが常道である。たとえば遠足を前にして明日は晴れか雨か、はっきりしないときは両方に備えておかなければなるまい。あるいはピッチャーの投げる球が、ストライクに来るか、ボールにそれるか、バッターは両方を予測する。しかし、ときには一方を無視して、

「明日は必ず晴れる」

「必ずストライクが来る」

合理的な理由はなにもないのに当人だけが強い確信を持って一方にだけ賭《か》ける。勝負ごとには、この方法が有効なときがある。

結果が予測通りなら勝つ。予測が外れれば敗ける。これは当然だが、両天秤《てんびん》をかけているときよりは、よいときはよい、わるいときはわるい……うまくいけば勝つ可能性が高い、と言えるわけだ。ストライクかボールか、両方を待っているときに比べれば、ストライクと信じて待っているほうが打ちやすい。逆の確率が現れたときは完敗。無残《むざん》だが、本当にこの一つに賭けねばならないときには、この選択が大切、というケースもある。

小倉百人一首の競技会、正月に日本一の名人を決める大会などでは、とにかく目にも止まらぬ速さで札を払っていく。競技者は双方とも必死である。〝きみがため〟の上の句を持つ二枚の取り札が、すなわち〝わがころもでにゆきはふりつつ〟と〝わがころもではつゆにぬれつつ〟の二枚の取り札が目の前に散っていて、普段は両方に目を配り、読み手の声が六字めの〝は〟になるか〝お〟に聞こえるか、この時間を待って手を走らせるわけだが、ゲームの趨勢《すうせい》によっては、

――絶対にこっちだ――

神経を一方にだけ集中して〝きみがため〟と聞いたとたん、六字めを待たずに一方に向けて行動を起こすわけだ。予測が外れればみじめだが、似たようなレベルの優れ者が競っているのだから、両方に目配りをして六字めを待つ人と、一方に賭けて〝きみが……〟と聞いたとたんに動き出す人とでは、予測通りの結果が出るときには絶対に強い。九〇パーセントを超えて取るべき札を取るだろう。上級者のゲームには、こういう判断が必要なときもあって〝君がため〟で始まる二枚は、勝敗のキイにもなりうる札であるらしい。ある名人上手が述懐して、

「〝君がため〟って言うけど、相手のことじゃなく、ひたすら自分のことを考えて……どう考えれば自分が有利か、そういう札なんですよ、あの二枚は。〝俺《おれ》がため〟ですね」

なるほど。カルタの競技だけではなく、人生においても、一点どちらかにだけ賭けねばならない情況というのが、ありますね。君のためではなく、自分自身のために。

すっかり寄り道をしてしまったけれど、小倉百人一首に戻って、

人はいさ　心も知らず　ふるさとは
花ぞ昔の　香《か》ににほひける

第三十五番、紀貫之《きのつらゆき》（八七二頃〜九四五年）の歌である。貫之は日記文学の嚆矢《こうし》となる名作『土佐《とさ》日記』の作者であり、歌人としても歌聖《かせい》と評されるほどの名人上手であった。小倉百人一首に選ばれた一首は、梅ですね。香りと言えば桜ではなく梅なのだ。人間の心はよくわからないけれど、古くから私が愛してきた故里《ふるさと》の、この梅のほうは昔のままのすばらしい香《か》りを放って私を慰《なぐさ》めてくれる、ということ。

古今集から採った歌で、そのそえ書によれば、寺詣《もう》でついでに、このところずっと訪ねてない宿に久しぶりに行ってみると宿の主人が「宿のほうは昔のまんまあるのに、ずいぶんご無沙汰《ぶさた》ですね」と、ちょっと厭味《いやみ》をこめて言った、らしい。そこで、それに返して貫之がそこに咲く梅の枝を折って詠んだ、とか。歌は美しいが、こっちのほうも少し厭味を含んでいる。だってそうでしょう。人間の心は（あなたの心も含めて）よくわからんけど、と言っているのだ。なじみの宿の主人と著名な客人との軽いジャブの応酬《おうしゅう》と見るか、もう少し深い屈託《くったく》がありそうと考えるか、にわかには判じにくい。小説的なシーンが思い浮かぶが、ここではそんなエピソードを離れて、人間の心は移ろいやすいけれど、

――花はいつも同じように香って、すばらしいなあ――

普遍的《ふへんてき》な心情の吐露《とろ》ととらえて鑑賞するのがよいだろう。そう考えると過不足のな

い秀句《しゅうく》、と私は思う。

似たような心境を山桜《やまざくら》の中で歌っているのが第六十六番、前大僧正行尊《さきのだいそうじょうぎょうそん》（一〇五五～一一三五年）の歌。

もろともに　あはれと思へ　山桜
花よりほかに　知る人もなし

心を通わせる友は山桜だけ、いっしょにこの世のあわれを分かちあおう。行尊は早くから仏門《ぶつもん》に入り、奇跡にあい、奇跡をおこしている。偉いお坊さんで、あまり偉いと花よりほかに知る人もなくなるのかも。凡人は居酒屋で肩を組みあったりして、しあわせだなあ。

かわって第九十六番、入道前太政大臣《にゅうどうさきのだいじょうだいじん》こと藤原公経《きんつね》（一一七一～一二四四年）の一首。時代はすでに鎌倉時代に入り、公経は鎌倉幕府と関わりの深い人、藤原定家《さだいえ》を支援し、藤原家の最後の栄華《えいが》を極めた政治家でもあった。歌は少し寂しく、

花さそふ　嵐《あらし》の庭の　雪ならで

ふりゆくものは　わが身《み》なりけり

花吹雪《はなふぶき》の庭である。ここは桜。春の嵐が吹き、文字通り雪が降っているように見えるが、ふりゆくものは雪ではなく……経《ふ》りゆく（年取っていく）ものは私自身なのだ、と解すればよいだろう。花は散り雪は溶けても、また年々くり返して美しい景色を見せてくれるだろうが、私のほうは年々齢《とし》をとり、老《お》いさらばえていくばかりだという実感だ。わかりますね。美しいものを見れば見るほど、わが身のはかなさを感ずる今日このごろです。

紀貫之のいとこに紀友則《きのとものり》（生没年不詳）がいて、第三十三番に、

久方《ひさかた》の　光《ひかり》のどけき　春の日に
しづ心《こころ》なく　花の散るらむ

がある。小倉百人一首を代表する名歌の一つと言ってもよいだろう。春の日の、のどかな光のあふれる中で桜花がホロホロホロホロと〝しづ《ず》心なく〟散っている。
――ああ、なんと趣が深いことだろう――

と歌っているのだ。

「〝しづ心なく〟って、どういうことだ?」

「そりゃ、あんた、〝しづ〟が〝心なく〟なるんだ」

「へぇー、〝しづ〟ってものは心があったりなかったりするものなのか」

「理屈《りくつ》を言うなよ。なんとなくすてきじゃないか。〝しづ心なく〟って言われると」

「ふーん」

まるで落語ですね。

確かに耳によい響きである。桜の散る様子を巧《たく》みに伝えている、と私は思う。辞書を引くと〝しづ心なく〟は〝心が静かでない、気持が落ち着かない〟とあって、桜の散る風情《ふぜい》そのものを言うのではなく、それを見ている人の心象《しんしょう》風景のほう、これが正解らしい。桜は静かに散っているだけなのだが、見ているほうは、

――ああ、こんなきれいな桜ももう見おさめだ。来年も見ることができるだろうか
――

美のはかなさと人生の無常などなどに思いを馳《は》せているのだろう。第一話の冒頭で落語とともに紹介した在原業平《ありわらのなりひら》は〝世の中に　たえて桜の　なかりせば　春の心はのどけからまし〟と詠んで、これは世の中に桜がなけりゃ春の心はのどかなんだよな、と言い、

「桜がいやなのかな」

「そうじゃなくて、好きで、好きでたまらなくて、そわそわしてやりきれんから一層のことないほうがいいってことだろ」

逆説的にすばらしさをめでているのだ。この心境もまさに〝しづ心なく〟だろう。異性に対しても、

――好きで、好きで、たまらなくて、こんなに苦しいのなら恋なんかしないほうがいい――

って、そういう心境もないではないが、これも恋のすばらしさを訴《うった》えているととるべきかも。

友則の歌に戻って〝久方の〟は、ご存じ枕詞《まくらことば》である。枕詞は〝主として和歌に用いられる修辞法《しゅうじほう》の一つ。普通は五音。特定の言葉と結びつき、ほとんど意味を持たない。万葉《まんよう》集や古今集に多く見られる〟であり、これより深い吟味《ぎんみ》となると、博士論文へと近づく。だから深くは拘泥《こうでい》せず〝久方の〟は天、空、雨、日、月、雲など、天空に関わる言葉の上について飾る。ここでは〝光〟と結びついて、むしろ例外的なのだが、この歌が人によく知られたせいで、

「〝久方の〟とくれば光だろう」

「常識だね」

となってしまった。さらに言えば、

「百人一首の歌って言えば……」

「うん」

「いっちゃん有名なのは……」

「うん？」

「〝しづ心なく　花の散るらむ《ん》〟だろ」

「ああ〝久方の　光のどけき〟ってやつな」

人口によく膾炙《かいしゃ》した一首である。

次もまた枕詞で始まる一首で、第七十三番、権中納言匡房《ごんちゅうなごんまさふさ》（一〇四一～一一一一年）の作。

高砂《たかさご》の　尾上《をのへ》の桜　咲きにけり
外山《とやま》の霞《かすみ》　立たずもあらなむ

高砂を兵庫県の地名とする説もないではないが、定説は〝高砂の〟は山などにかかる枕詞。〝尾の上《おのえ》〟の〝尾〟は〝尾根〟という言葉があるように山のことを言う。〝尾の上〟は、その山のてっぺんのほうだ。〝外山〟は外のほうの山で、なんとなく遠い山のような気がするけれど、残念でした、これは近い山です。

「なんでだよ」

「なんでかなあ」

多分、街《まち》の外《そと》の山、街のすぐ外の山なら近い山になる。幼稚園の遠足で行くくらいの丘陵《きゅうりょう》だろう。

後拾遺集《ごしゅうい》にそえ書があって、知人の家で酒宴が催《もよお》され、そのとき〝はるかに山桜を望む〟という趣で詠んだものとか。春の郊外地の望見《ぼうけん》だろう。遠くの山には桜が白く、いっぱいに咲いている。近くの山よ、霞を立てないでくれよな、せっかくの桜が隠れてしまうから、という理屈らしい。

まったくの話、東海道新幹線は新富士駅のあたり、富士山を見ていると、山頂は顔を出しているのに下の山から雲か霞か、むくむくと立ちのぼって、

――すぐに見えなくなるぞ――

つかのまの雄姿を見るだけのケースがある。ふもとの街でスケッチでもしていたら、まことに、まことに〝外山の霞　立たずもあらなむ《ん》〟ですね。

詠み手の権中納言は本名を大江《おおえの》匡房と言い、当代一流の学者であり、兵法においても優れていた。鎌倉源氏《げんじ》の基礎を築いた八幡太郎《はちまんたろう》義家《よしいえ》も偉い武将ながらこの匡房に師

事して多くを学んだ、と伝えられている。

そして歌のよしあしは……春の風景を詠んで、まあ、並《なみ》でしょうね。

物語《ものがたり》と言えば源氏物語や平家《へいけ》物語、小説のたぐいを思い浮かべるが、遠い時代には〝物語して〟とかなんとか男女が二人、三人、四人……小《こ》人数であれこれ話しあうことを指すケースも多かった。

次は第六十七番、周防内侍《すおうのないし》（生没年不詳）の歌。内侍だから女官《にょかん》である。周防守の娘だからこう呼ばれていたようだ。

それはともかく、ご静聴《せいちょう》、ご静聴、春の歌にはちがいないが、梅や桜の話ではない。

春の夜《よ》の　夢ばかりなる　手枕《たまくら》に
かひなく立たむ　名こそをしけれ

千載集《せんざい》にあるそえ書によれば、ある日、あるとき……正確には二月の月の明るい夜。大勢集まって物語をしているときのこと、内侍は御簾《みす》の中にいて、ちょっと体をよこたえて、

「枕があれば、いいわね」

と呟《つぶや》くと、大納言忠家《ただいえ》という男が、

「これ、枕にしなよ」

御簾の下からスイと腕《うで》をさし入れた。

「あら」

そこで詠んだ、という事情。情景を想像すると、少し艶《なま》めかしい。いや、かなり艶めかしい。

内侍は〝待ってました〟とばかりに男の腕を枕にしたわけではない。まるで反対……。人の眼がある。軽く思われたらプライドにもかかわる。歌の意味は、春の夜の夢のようにはかない手枕《てまくら》のために、つまらない噂《うわさ》を立てられたりしたら私の名前がすたるわ、せっかくですが、お断りします。「あかんべえ」とまでは言わなかっただろうけれど、とりあえずは拒絶しただろう。大納言のほうも返歌《へんか》を創り、それは〝契《ちぎ》りて春の夜ふかき手枕を　いかがかひなき　夢になすべき〟と答えたようだ。これは男女の縁があって春の夜ふけに手枕をさし出しましたが、それをはかない夢にすべきでしょうか、どうしましょう、くらいのところだ。

その後の二人がどうなったかはつまびらかではない。常識的には、これは当時の男女の軽いジャブの応酬、あまり本気でとらえてはいけない。もちろん、そこからよい仲に発展することもあっただろうけれど、女性として軽々しくふるまっては、まったくのところ〝名こそをしけれ〟になってしまう。

しかし、どうでもいいことかもしれないけれど、手枕って……女性に腕を預けて枕にしてあげるのって結構重いんですよね。男性が一時間そのままにしていたら、

――この人、私のこと、愛しているんだわ――

そう信じてよいかもしれない。

小倉百人一首に戻って、第二番は持統《じとう》天皇（六四五？～七〇二年）の歌で、

春すぎて　夏来《き》にけらし　白妙《しろたへ》の
衣ほすてふ　天《あま》の香具山《かぐやま》

春が過ぎて夏が来たらしい、香具山に白い衣が干《ほ》してあるから、と、わかりやすい。新古今集《しんこきんしゅう》から採っているが、持統天皇はずっと古い人だ。父は古代史に冠《かん》たる天智《てんじ》天皇（六二六～六七二年）。その弟の、これまた権勢をふるった大海人皇子《おおあまのおうじ》（？～六八六年。後の天武《てんむ》天皇）に嫁《か》して自身も後に天皇となった実力者。壬申《じんしん》の乱に奔走《ほんそう》し、藤原京《ふじわらきょう》を造り、大津《おおつ》皇子を殺して辣腕《らつわん》をほしいままにした女帝である。万葉集の時代の人であり、この歌も、もとはと言えば万葉集に天皇の御製歌として〝春過ぎて　夏来《きた》るらし　白栲《しろたへ》の　衣干したり　天《あめ》の香具山〟とあるもの。それを新古今集が語句を

少々変えて載《の》せ、小倉百人一首もそれを採用した。もとの歌のほうが素朴《そぼく》で力強くて、よしとするのが一般的な評価である。

ところで古今集から新古今集を経て続後撰《しょくごせん》集まで十代勅撰《ちょくせん》集は平安期の歌を中核としているが、万葉集のころの歌も取り入れている。小倉百人一首もこのでんにならい、柿本人麻呂《かきのもとのひとまろ》、山部赤人《やまべのあかひと》、大伴家持《おおとものやかもち》などなど万葉歌人の歌も採用している。持統天皇のケースも同一趣向《しゅこう》だが、このときに、

――万葉調じゃなく、平安期の歌の調子に変えるべきかな――

とかなんとか変更を加えたらしい。因《ちな》みに言えば〝白妙《しろたえ》の〟も枕詞で、衣や雲など白いものにかかるようだ。

ついでに、ある大事件について触れておこう。偉い社長が弟と協力しあって会社を興《おこ》した。弟には、

「おれのあとは、おまえが会社を継げ」

「はい」

「おまえなら大丈夫だ。うちの娘を嫁《よめ》さんにしろ」

「近親結婚じゃないんですか」

そういうことはあまり問題にならなかったようだ。

ところが偉い社長が年を取ると、自分の息子を社長に指名し、息子も息子、

「後継者はおれだろうが」

と威張《いば》りだして偉い社長の死後は叔父《おじ》とのあいだが険悪《けんあく》になる。社員たちも、

――どっちにつこうか――

二派に分かれて画策《かくさく》する。

「先代は生前から息子さんを社長にして……跡を継がせるつもりだったんだ」

「しかし会社はその前から弟さんと一緒に大きくしたんだろ。弟さんの功績はでかいよ」

「自分の息子が出てくれれば話はべつよ」

「実力は弟さんだよ」

「容易じゃないな」

「一方が立てば一方は首よ」

争いは激化し、一時は息子側が優勢に見えたが、弟の果敢《かかん》な行動が功《こう》を奏《そう》して弟側が勝つ。

なんの話かと言えば、すでにお気づきのむきもあろうが、これは六七二年に起きた壬申の乱。偉い社長が第三十八代天智天皇、弟が大海人皇子で、後の第四十代天武天皇、息子が大友《おおとも》皇子で、この人はいったん即位して第三十九代弘文天皇（六四八～六七二年）となったが、乱に敗れて自害《じがい》。大海人皇子の妃《きさき》が（すでに触れたように）第

四十一代持統天皇である。つまり、偉い社長の息子は敗れ、弟、弟の妻と実権が移ったわけ。

天智と、その弟はけっして仲がわるい兄弟ではなく、額田王《ぬかたのおおきみ》という才色兼備《さいしょくけんび》の女性をともに恋人にしながら睦《むつ》まじかったときもあったが、やっぱり大友皇子の成長がトラブルを生んだのだろう。壬申の乱とはべつに、兄弟の恋人額田王は傑出《けっしゅつ》した万葉歌人であり、天皇たちの歌の代作なども繁《しげ》く命じられていた。このあたりの三角関係についいては、話が百人一首から離れすぎるので遠慮させていただく。くわしくは井上靖《やすし》の名作小説〈額田女王〉などがあるのでご一読あれ。

横道を行くうちに季節はすっかり夏の盛りとなって第三十六番・清原深養父《きよはらのふかやぶ》（生没年不詳）の歌は、

夏の夜は　まだ宵《よひ》ながら　明けぬるを
雲のいづこに　月宿《やど》るらむ

夏の夜は短い。あっと思うまにもう東の空が白くなる。そこで、この歌。夏の夜はまだ宵《よい》のうちだと思っているのに明け始めて、こんなに夜が短いと月だって西にたどりつくゆとりがあるまい。だから（今は見えないけれど）雲のどのあたりに宿って隠れているのかな、である。

往時《おうじ》の都人《みやこびと》にとっては夜はとても大切な時間帯。なーに、翌日、そんなに忙しい仕事があるわけじゃないから、

――徹夜《てつや》くらい、平気、平気――

こんな生活を送っていると短夜《みじかよ》の季節にはこの歌のような情況に置かれることも、よくあったにちがいない。

清原深養父というのは、あまりよくわからない人物で、清少納言《せいしょうなごん》の曾祖父《そうそふ》であったとか。歌人としては一流であったが、政治のうえでは不遇《ふぐう》であり、頭角《とうかく》を示した様子はない。

夏を歌った歌は小倉百人一首では疎《まば》らで、あれよあれよと思うまに夏は過ぎていく。第九十八番、従二位《じゅうにい》家隆《いえたか》こと藤原家隆（一一五八～一二三七年）の歌は、もう秋も近いらしい。

風そよぐ　ならの小川の　夕暮《ゆふぐれ》は
　みそぎぞ夏の　しるしなりける

〝みそぎ〟は体を水にさらして身を清めること。

「垢《あか》を落とすのね」

「ちがう、ちがう」

そりゃ水で流せば汗や垢が落ちるだろうけれど、シャワーを浴びるのとはちがって、これは神事《しんじ》であり、神の前で身を清め心を清らかにして祈りをささげるのだ。お祭のときに褌《ふんどし》一丁の男たちが現れれば、これはみそぎがつきもの。川に入ったり、海に浸ったり、滝に打たれたり、端《はた》から水をぶっかけたりするケースもある。

この歌の場合は京都の上賀茂《かみがも》神社のわきを流れる御手洗《みたらし》川で定例の神事がおこなわれていた。夏の都は六月の末、旧暦なのでもう秋の気配が漂《ただよ》い始めている。だから夕暮《ゆうぐれ》どき、風も涼しくそよいで小川で催されるみそぎの神事だけが……これは夏の行事なので夏のしるし、ほかはもうみんな秋みたい、という意味の一首である。事情を知らないと夏の終りの歌とは判じにくい。スケッチ画のような歌だ。

当時のハイ・ソサエティでは政治家も歌が詠めて当然、歌人と呼ばれる人も政治的にそれなりの地位を占めていた。しかし、おのずと政治の得意な人、歌をよくする人との区分はあったろう。例外的に両方よしもいたろうが（まあ、両方だめもあったろうが）やっぱりこれは一方に傾きがち。家柄や血筋による区分もある。藤原家隆は早くから名人・藤原俊成《としなり》に養われ、俊成の子・藤原定家と並び称された。そこそこには出世したが、英名《えいめい》はやはり歌道において、温厚な人柄とともに人々に慕われたらしい。

第四話　寂しい秋がいっぱい

小倉百人一首の歌は（すでに述べたように）すべて十代和歌集、すなわち古今集《こきん》や新《しん》古今集など平安期から鎌倉初期に編《あ》まれた十点の勅撰《ちょくせん》和歌集より採《と》られている。これより古い万葉《まんよう》のころに創《つく》られた歌もあるが、それも十代和歌集に（少し語句を変えたりして）載《の》っているものだ。古今集からの選出が一番多くて二十四歌、次いで後拾《ごしゅう》遺《い》集、千載《せんざい》集、新古今集がそれぞれ十四歌を収めている。

ゲームとしての百人一首の札には和歌のほかに、偉い人、お姫さま、坊さんなど華やかな色彩の絵が描いてあって、これが〝坊主《ぼうず》めくり〟というもう一つの遊びに役立っているけれど、文学鑑賞に寄与する情報はなにも書かれていない。歌と絵があるだけだ。

これまでにも〝そえ書〟という言い方などでそれぞれの歌の成立事情を説明してきたのは、出典《しゅってん》となった十代和歌集に記されているもので、これは当然のことながら和歌を理解し、鑑賞を深めるために有効だ。

十代和歌集は採録している歌について同じように分類しており、それは春、夏、秋、冬、恋、旅、雑《ぞう》などを設けて分けている。だから百人一首の歌も、もとをたどれば、この分類によってグループに分けることができる。

「どれが一番多いの？」

「恋の歌じゃないのか」

そう、それが正解。百首のうちに、なんと、四十三歌が恋の部に収められている。

さらに言えば春夏秋冬、その他に分類される歌の中にも微妙に恋を感じさせるものもあるから、恋を扱ったものはもっと多い、と見ることができる。逆に恋の歌の中にも季節感の含まれるものもあるけれど、いずれにせよ、

「半分は恋の歌なんだ」

「まあ、そんなとこだな」

大ざっぱに考えてもよいだろう。

一方、春夏秋冬の中で多いのは、

「春だろ」

「おれたちが普通に歌う唱歌《しょうか》だって〈春が来た〉とか〈花〉とか春が多いもんな」

これは残念でした。小倉百人一首では圧倒的に秋が多いのである。季節の歌三十二首のうち、ちょうど半分の十六首が秋の歌に分類されている。つまり恋が多く、秋が

多いのが、このカルタの特徴なのだ。

さて、そこで秋の歌を、はっきりと秋とわかるものを……もっと端的に歌の中に〝秋〟という文字の含まれるものを紹介していこう。

秋の田の　かりほの庵《いほ》の　苫《とま》をあらみ
わが衣手《ころもで》は　露《つゆ》にぬれつつ

これが小倉百人一首の第一番、冒頭にあるのは天智天皇《てんじ》（六二六～六七一年）の御詠である。この歌は第十五番光孝《こうこう》天皇の歌と下《しも》の句が似ていることもあって、第三話で引きあいに出しておいたけれど、あっちは春の歌だった。

——天皇の衣手ってのは、よく雪や露に濡《ぬ》れるものなんだなあ——

なんて〝よく〟じゃないから、わざわざ歌に詠《よ》むのかもしれない。

話を戻して、晴れの第一番、やっぱり特別に偉い人の歌でなければ恰好《かっこう》がつかない。きっとそう。

そこで天智天皇、ご存じですね。まちがいなく偉い人、大化改新《たいかのかいしん》を決行した中大兄《なかのおおえの》皇子《おうじ》が皇位について数々の行政刷新《さっしん》を実現した、という事情である。

天智天皇その人は万葉集のころの生存であり、万葉集に歌がいくつか載っているが、この歌は、そこでは〝よみ人知らず〟つまりだれが詠んだかわからん、なのだ。それがいつのまにか天皇の作とされてしまった。

歌の意味は、田んぼのわきに粗末《そまつ》な仮小屋がある。その屋根の苫《とま》の目があらいので秋の冷たい露が私の袖《そで》を濡らすんですよ、だろう。〝苫〟は草の茎で編んだすだれ、むしろ、よしず張りのたぐい。〈我は海の子〉という唱歌で〝煙たなびくとまやこそ〟と歌っている、あの苫屋がそれだ。〝苫をあらみ〟は、その苫があらいので、という古語《こご》的な用法だ。

「なんで偉い天皇がほったて小屋で寒がっているわけ?」

「天皇の歌かどうかわからんのだから……」

「でも、なんか必然性があるから天皇の歌にされたんじゃないの」

「うーん」

はっきりはしないけれど、農民の労苦をあわれに思って詠んだ、ということで天皇へのヨイショになった、とか。この天皇はむしろ辣腕《らつわん》をふるう非情な為政者《いせいしゃ》であった、という説もあるから、ますますヨイショかもしれない。

そこで名誉回復、これは充分に、天智天皇の作と推定されるものを万葉集から引用して示せば、

香具山《かぐやま》は　畝傍《うねび》を愛《を》しと　耳成《みみなし》と　相争《あひあらそ》ひき　神代《かむよ》より　かくにあるらし　いにしへも　しかにあれこそ　うつせみも　妻を　争ふらしき

とあって、これは香具山と耳成山と二つの男山《おとこやま》が、女山《おんなやま》の畝傍山を争ったと伝えられているが（三山を展望して）昔からそうなんだから、今の世（うつせみ）でも恋しい人を求めて争うんだね、とユーモラスだ。

もう一つ、この天皇の作った美しい歌も紹介しておけば、同じく万葉集から、

海神《わたつみ》の　豊旗雲《とよはたくも》に　入日《いりひ》さし　今夜《こよひ》の月夜《つくよ》　さやけくありこそ

入日を展望しながら今夜の月の美しさを待ち望んでいる。言葉使いの、なんともみごとな歌である。

同じく万葉のころの歌人だが、正体不明の猿丸大夫《さるまるだゆう》（生没年不詳）は実在を疑う説もある。でも、その歌は一応第五番にあって、

奥山《おくやま》に　紅葉《もみぢ》踏《ふ》み分《わ》け　鳴く鹿《しか》の
　声聞くときぞ　秋は悲しき

とてもわかりやすい。解釈する必要もなさそう。

だが……ご用心、ご用心。この歌には日本語の曖昧《あいまい》さがなきにしもあらず。〝紅葉踏み分け〟は〝鳴く〟にかかるのか〝聞く〟にかかるのか。前者なら紅葉を踏み分けているのは鹿である。後者なら歌の詠み手が深山《みやま》に入って紅葉を踏みながら鹿の声を聞いているのだ。

文法的にはどちらも成立する。古来偉い学者たちが甲論乙駁《こうろんおつばく》、定説はない。

「〝踏み分け鳴く鹿の〟って続いているんだから鹿が歩いてるほうが、すなおじゃないの」

「しかし和歌は、そういう結びつきなんか無視するとこ、あるしな。自分が奥山に入らなきゃ、鹿の声を聞いても紅葉を踏んでるかどうか、わからんよ、声だけじゃ」

「それこそ屁理屈《へりくつ》よ。詠み手のイマジネーションとして〝今ごろ紅葉を踏んで鳴いているんだろうな〟って、奥山に入る手前くらいで思ってるのよ」

「自分が奥山まで入って、ふと鹿の声を聞いたから〝悲しい〟んだろ。ふもとで酒なんか飲んでて鹿の声聞いたって悲しくないよ」

「奥山に一人で入ったら悲しいより怖《こわ》いわよ」

まことに、まことに論争は果てしない。あなたはどう思いますか。

猿丸大夫については人気作家、井沢元彦のデビュー作〈猿丸幻視行《さるまるげんしこう》〉があって、そのあらすじをここで紹介すれば、

〝主人公の〈僕〉は民俗学者で、折口信夫《おりくちしのぶ》の研究家だ。新薬のテストのため過去を幻視する計画に加わる。その結果〈僕〉は百年ほど昔に生まれ変わり、友人の柿本《かきもと》の故里《ふるさと》、猿丸村の伝説を調査している。暗号の解読に励み、伝説の歌人・猿丸大夫が柿本人麻呂《かきのもとのひとまろ》と同一人物かどうかという謎《なぞ》にめぐりあう。柿本の父の不審な死、さらに柿本自身の変死……。〈僕〉は呪《のろ》いの村の真実に近づくが、自分の恋人の死にも遭遇《そうぐう》し、猿丸村の幻視から逃げ出す。現実に戻り、現代の猿丸村を訪ねるが、村はとうに湖底に沈んで……あれは何だったのか〟

と終わっている。

古代の和歌をめぐって民俗学的な知識がちりばめられ、ミステリーとしてもなかなかのもの。もちろん幻想小説の味わいもあるし、恋のくさぐさもかいま見える。猿丸大夫はだれなのか、柿本人麻呂だという説もあるし、猿丸大夫については日本の各地にはっきりしない伝承が残っているようだ。幻視行にふさわしいテーマであり、つれづれなるままに井沢作品のご一読をどうぞ、とお勧めしておこう。本当に、とてもおもしろい。

和歌に戻って第二十三番、大江千里《おおえのちさと》（生没年不詳）の歌は、

月見れば　ちぢに物こそ　悲しけれ
　わが身ひとつの　秋にはあらねど

秋の夜、月を見ていると、どうしようもなく悲しい、私ひとりのために秋があるわけではないけれど……。

「そりゃ、そうでしょう、あなたひとりの秋のわけ、ないじゃない」なんて与太《よた》を飛ばしたくなるけれど、この大げさな言い方がこの歌の身上かもしれない。一つの修辞《しゅうじ》法《ほう》、つまり〝私も悲しいけど、みんなも悲しいんだよなあ、秋は〟という心境を強調したわけだ。たとえば、災害のおりなどに〝私ひとりの不幸じゃないけれど、なんで私がこんなひどいめに〟と世をも人をも恨《うら》みたくなることはある。あれと同じこと……。


そう言えば、むかし読売ジャイアンツが優勝を逸したとき、

「なにがまずかったんですかね」

という雑談に対して、ジャイアンツとはなんの関係もない、ただ熱烈なジャイアンツ・ファンであるだけのコラムニスト氏が、

「僕がわるかったんです」

笑いましたね。〝わが身ひとつがわるい〟どころか、なんにもわるくないのに……。

ファンの心境が表われていた。歌とはあまり関係がないか。

大江千里は学問の人、歌人としても優れていたようだ。歌の中の〝ちぢに〟は〝千々に〟と書いて、やたら数の多いこと。数が多いから、どうにも始末がつかなくなってしまうのだ。〝ちぢに乱れる〟は古風ながら現代語でも使わないでもない。正岡子規《まさおかしき》は〝歌は感情を述べるものであり理屈を言うものではない〟という主旨《しゅし》で、この歌をメチャンコこきおろしているけれど、それほどわるいのかな。私見を述べれば、まあ、並《なみ》ですね。

次もやや問題の作品で、六歌仙《かせん》の一人、文屋康秀《ふんやのやすひで》（生没年不詳）は第二十二番で詠んでいる。

吹くからに　秋の草木《くさき》の　しをるれば
むべ山風《やまかぜ》を　あらしといふらむ

六歌仙は往時の歌の名人として在原業平《ありわらのなりひら》、僧正遍昭《そうじょうへんじょう》、喜《き》撰法師《せんほうし》、大友黒主《おおとものくろぬし》、小野小《おののこ》町《まち》、そしてこの文屋康秀を並べたわけだが、はてさて、この歌はどうしたものか。山で風が吹くと、草木がしおれてしまう。なるほど、それで〝山風〟を〝嵐《あらし》〟というのか。漢字遊びのようなもの。確かに嵐は山に風と書くけれど、これって和歌で詠むほどのことかねえ？〝むべ〟は〝なるほど〟と膝《ひざ》を打つ心境だ。

「木がたくさんあるから森なのよ」

「あ、なるほど」

子どもなら感心するかもしれないけど、六歌仙の歌がこれと同種の戯《たわむ》れではつらい。歌の評価はさておき、六歌仙について、おもしろいエピソードがある。

狂歌《きょうか》の名人として名高い蜀山人《しょくさんじん》（一七四九～一八二三年）がお殿様の前で歌を詠むよう命じられた。蜀山人は白紙に〝四〟と一字を書いてから、

「お題をいただきとうございます」

お殿様は〝失礼なやつだ、困らせてやれ〟と、

「じゃあ六歌仙」

と題を与えた。蜀山人、少しも騒がず〝四歌仙小用に立ったそのあとで小町業平なにかひそひそ〟……六人のうち四人が席をはずすと歌仙の中の美男美女、在原業平と小野小町がヒソヒソ、今夜のデートでも約束しあっているのかも、という狂歌である。おみごと。しかし落語で聞いたことだから実話かどうか、蜀山人のエピソードかどうかは定かではない。

文屋康秀の子どもかもと言われる歌人に文屋朝康《ふんやのあさやす》（生没年不詳）がいて、第三十七番は、

白露《しらつゆ》に　風の吹きしく　秋の野は
　つらぬきとめぬ　玉ぞ散りける

真珠のネックレスを思い浮かべてほしい。そのネックレスは、製作途中なのか、玉の穴は貫いたが糸できちんと留めてない、という状態を想像してほしい。こんな状態だから、なにかの拍子で真珠の玉が散ってしまうことがある。それが〝つらぬきとめぬ玉ぞ散りける〟である。

一方、秋の野は草の葉に露がいっぱい降りていて、そこに強い風が吹いてくると、たちまち白い玉となって散り、それが糸を離れた玉のようだ、と言っているわけだ。

――そんなふうに見えるかなあ――

疑わしいが、見えると歌っているのだから歌人にはそう見えたのだろう。

ところで、ある若い女性が、結婚を前にして母親から、

「これをあなたにあげましょう」

「なーに？」

真珠の首飾りをもらった。

「わが家の宝物よ。夫婦の仲を守ってくれるの」

「へーえ」

母親自身、一家が窮乏していたとき、その首飾りを質に入れてとても高価なペニシリンを買って夫の命を救ったことがあったのだとか。

年月が流れ、その女性はサラリーマンの妻になったけれど、若い学生と道ならぬ恋に陥《おち》り、彼のためにお金を融通《ゆうずう》してやらなければいけなくなる。

――あの首飾り――

と、たんすの奥から取り出す。

恋人をマンションに呼び込み、密会の最中に出張したはずの夫が帰って来た。玄関のほうで声がする。人妻は、

「はーい」

と答えて恋人には、

「そこの窓から逃げて」
二、三分くらい時間を稼《かせ》がなければならない。とっさに机の上に置いておいた首飾りを手に取り玄関に走りながら糸を切った。パラ、パラ、パラ……。
「どうした？」

入って来た夫が呟《つぶや》く。

「ええ、急に。糸が古くなってたのかしら、あなたも拾って」

カーペットの上に散っている真珠を二人で拾い集めた。

「急に出張がとりやめになって」

「あ、そうなの。これ、お母さんからもらったの。夫婦の仲を守ってくれるんですって」

恋人は無事に逃げおおせただろう。

――火遊びはほどほどにしなくちゃ――

これがホントの〝つらぬきとめぬ玉ぞ散りける〟ですね。私自身が綴《つづ》った古い、古いショートショートである。はい、ご退屈さま。

いずれにせよ秋は寂《さび》しい。この寂しさが平安歌人の好みに合っていたのだろう。恵《え》慶法師《ぎょうほうし》（生没年不詳）は第四十七番で、

八重《やへ》むぐら　しげれる宿《やど》の　さびしきに
人こそ見えね　秋は来《き》にけり

ほとんど履歴《りれき》のわからない法師であったが、歌は相当数残している。〝八重《やえ》むぐ

ら〃は、ムグラムグラと繁っている野の草くらいの感じ。出家《しゅっけ》して人間関係は疎《まば》らだったのか。山里の庵《いおり》にはだれも訪ねて来ない。訪ねて来るのは、もの悲しい秋だけ。

——寂しいなあ——

しみじみと述懐《じゅっかい》している。

次もまた寂しく、これもお坊さん。第七十番では、良暹法師《りょうぜんほうし》（生没年不詳）は、この人も履歴がよくわからない。歌だけが残っている。

さびしさに　宿《やど》を立ち出《い》でて　ながむれば
いづくも同じ　秋の夕暮

と、わかりやすい。

現実にどちらもこちらも同じ風景だと言ってるのではあるまい。いくら山里だって見る方角によって少しは風景が異なるだろう。いずこも同じということはありえない。寂しさが同じなのだ。風景に多少のちがいがあっても、どうしようもない寂しさは変わらない、と、この明解な歌の背後に、この心理を読むべきだろう。

大納言経信《だいなごんつねのぶ》こと源 経信《みなもとの》(一〇一六〜一〇九七年)の場合は第七十一番で、

夕《ゆふ》されば 門田《かどた》の稲葉《いなば》 おとづれて
蘆《あし》のまろやに 秋風ぞ吹く

〝夕《ゆう》されば〟は〝夕さる〟の活用形、夕方が来るのだ。そして〝夕されば〟と言えば夕方であり、方言では〝よされ〟という形で今も残っている。〝門田の稲葉〟は門の前の田んぼの稲、〝蘆のまろや〟は蘆で囲った小屋。こんな小屋だから門というほどの門があるわけではあるまい。戸口に秋風が訪れて来る、という生活感。すなおな歌だ。源経信は大納言になったくらいだから地位も高く、歌道にも秀でていたようだ。

もう少し人間くさい秋はないのかと思っていたら、ありました、ありました。だが、これは滅法《めっぽう》難解で、第七十五番、藤原基俊《ふじわらのもととし》(一〇六〇〜一一四二年)が詠んだのは、

契《ちぎ》りおきし させもが露《つゆ》を 命《いのち》にて
あはれ今年の 秋もいぬめり

千載集《せんざい》にある歌で、そのそえ書によれば……内容をかいつまんで説明すれば、この藤原基俊の息子がお坊さんで、父は息子が興福寺《こうふくじ》で催《もよお》される法会《ほうえ》で名誉ある講師を務《つと》めることを望んでいた。でも、なかなかその役に選ばれない。有力者の太政大臣《だじょう》に頼んだところ〝しめぢが原〟と言ったので、今年の秋こそ大丈夫と思っていた。ああ、それなのに、その甲斐《かい》もなく、あわれ、また秋が去ってしまった、である。

〝しめぢが原〟というのは新古今集の巻二十の冒頭に〝なほ頼《お》め　しめぢが原のさしも草《ぐさ》わが世の中に　あらむ限りは〟があり、これは仏への切願を言ってるのだろうが、〝さしも草〟の〝さしも〟のように〝さしも苦しい〟ことがあっても私がこの世にある限り願い続けなさい、と歌っているのだ。しめぢが原は〝させも草〟(「さしも草」の転＝蓬《よもぎ》のこと。もぐさの一種)の産地として知られ、この歌を引きあいにして太政大臣が〝しめぢが原〟と言ったのは〝わが世の中にあらむ限り〟は大丈夫と保証していること……そこでこっちはその言葉を命としてたのに、露のようにはかない契りとなってしまった、とややこしい。

就職活動などでよくあるケースですね。父親が息子のためコネを頼りに有力者に頼み込んだところ「よっしゃ、私にまかしておけ」と太鼓判《たいこばん》を押されたのに結果はペケ、求職のシーズンが終わり、それがたまたま秋であった、というわけ。寂しい秋ではあるけれど、これまでのお坊さんたちの寂しさとは少しちがう。かなりちがう。

〝契りおきし〟とあって〝あはれ今年《ことし》の秋もいぬめり〟とくると、恋の歌なら、――契りあった恋があったんだ――

と思いたくなるが、その実、コネ頼みとはずいぶんとなまぐさい。そう、人間くさい中身である。千載集から採っているが、秋の字が入っているにもかかわらず分類は秋の歌ではなく「雑」の部である。わかりますね。

ところで、そえ書について思うところを述べれば、恋の歌などはどうもこのそえ書が多いようだ。口説《くど》かれたけど浮名《うきな》が立つのがいやだから軽くいなしたとか、夜通し物語をしてたのに邪魔《じゃま》が入ったとか、諸般の事情がそえられているのだが、「秋」の部は歌合わせに提出したとか、上皇《じょうこう》に捧《ささ》げたとか、そえ書があっても短い。秋は寂しさを強調すれば、それでよし。細かい事情は、就職活動でもからまなければあまり説明がいらないのかもしれない。

次もまた取りたてるほどのそえ書もないままに第七十九番、左京大夫顕輔《さきょうのだいぶあきすけ》こと藤原顕輔（一〇九〇～一一五五年）の歌は、

秋風に　たなびく雲の　絶え間より
もれ出《い》づる月の　影《かげ》のさやけさ

これも明快。すんなりと意味がわかる。何百年も昔の日本語が今、すんなりとわかるというのも私たちの言語のユニークなところである。その長い歴史の中で多彩な言葉をいつくしんできたことを忘れてはなるまい。

かならずしも寂しくはない秋の歌の一例として、

　村雨《むらさめ》の　露《つゆ》もまだひぬ　槇《まき》の葉に
　　霧《きり》たちのぼる　秋の夕ぐれ

第八十七番、これも作者はお坊さん、寂蓮法師《じゃくれんほうし》（?〜一二〇二年）。この人は名人・藤原俊成《しゅんぜい》の甥《おい》にして、養子になった。この歌は新古今集にあって、夕べの歌ベスト・スリーに入るという評価もある。が、それとはべつにカルタ競技ではとても大切な一枚。すなわち〝む・す・め・ふ・さ・ほ・せ〟の一番最初の札《ふだ》である。知っている人は先刻ご承知のはず、小倉百人一首の競技には一枚札と呼ばれる札があって、これは上《かみ》の句の一番最初の文字が……最初の発音が、百枚中にそれ一枚しかないもの。七枚あって、その頭文字が〝む・す・め・ふ・さ・ほ・せ〟の七つなのである。だから

〝村雨の〟の札は読み手が、

「む……」

と読んだだけで、

──あの札だ──

と察知して〝きりたちのほるあきのゆふくれ〟に手を伸ばせばよい。いましがた触れた文屋康秀の〝吹くからに秋の草木の〟や良暹法師の〝さびしさに宿を立ち出でて〟もそれぞれ〝ふ〟〝さ〟を頭に置いて、この一枚札に属している。また第一話で綴った紫式部《むらさきしきぶ》の〝めぐり逢ひて見しやそれとも〟も〝め〟を頭にして同様の一枚。この先には残り三枚も登場するだろう。

〝村雨〟は秋から冬にかけて降る激しい雨だ。村にだけ降るはずもないが、この歌は田園風景。雨後に日が射し、濡れた槇の葉からムクムクと霧が立ちのぼっている。一幅《いっぷく》の絵画ですね。

秋の歌はまだまだたくさんあるけれど、参議《さんぎ》雅経《まさつね》こと飛鳥井《あすかい》雅経（一一七〇～一二二一年）の歌は第九十四番にあって、

み吉野《よしの》の　山の秋風　小夜《さよ》ふけて

ふるさと寒く　衣《ころも》うつなり

もう冬も近い。山の秋風はひとしお冷たいものだ。〃衣を打つ〃のは風が打つのではなく、これは砧《きぬた》、布地を槌《つち》で打って艶《つや》を出す。女性たちの夜なべの仕事だった。その音さえさむざむと聞こえてくる。雅経は俊成に学んで、新古今集の撰者《せんじゃ》にもなった歌人である。蹴《け》まりの名手で、

「今ならサッカーの選手で、歌を創らせてもうまい」

「女性に人気がありそう」

きっとそうだったでしょうね。

さて現代では多くの人が親しむ詩歌《しいか》と言えば、なにはともあれ歌謡曲やポップス。カラオケでボタンを押せばメロディが流れ、画面に歌詞が現れる。その中で秋の歌と言われて不肖《ふしょう》私が一番好きなのは山口洋子作詞の〈誰もいない海〉。あの〃今はもう秋、誰もいない海〃で始まる歌だ。誰もいないと言いながら〃知らん顔して人がゆきすぎ〃たりして、

――少しヘンテコなんじゃない――

と腑《ふ》に落ちないところもあるけれど、歌には秋の気配がみなぎっている。秋の海辺

に立つ感情がいかんなく託されている。

そう、正岡子規が言ってたでしょ、〝歌は感情を述べるものであり、理屈を言うものではない〟と。さっき紹介したばかりじゃないですか。広い海のほとりでは一人や二人ほかの人がいたって、だれもいないみたい、急に現れて、知らん顔して行ってしまうと、かえって寂寥感《せきりょうかん》が込みあげてくる。でも〝つらくても、つらくても死にはしない〟と約束しているのです。頑張りましょう。

第五話　冬はももひき

子どものころ、近所に威勢《いせい》のいい青年がいた。みんなが「たっさん」と呼んでいた。そのたっさんが出征《しゅっせい》して戦地からの便りが届く。たっさんは幾千里も遠い戦場で活躍しているらしい。

同じころ〈父よあなたは強かった〉という軍歌があって、その一節に、

〝荒れた山河《さんが》を幾千里、よくこそ撃《う》ってくださった〟

という文句があったのだが、なにしろ、この歌は、

「あーれた山河を幾千里」

と一節の冒頭を伸ばして歌うものだから、幼い私はてっきり〝あーれ〟は感動の叫び、たっさんが幾千里のかなたで敵を撃っているのだ、と思ってしまった。「あーれ、たっさんが幾千里」である。なんでたっさんが急に軍歌に登場するのか、そこはよくわからないまま、しばらくはそう思い込んでいたはずである。

画家の村上豊《ゆたか》さんは、楠木正成《くすのきまさしげ》・正行《まさつら》親子の桜井《さくらい》の別れを歌った唱歌《しょうか》の一節、

〝汝《いまし》はここまで来つれども、とくとく帰れ故郷《ふるさと》へ〟

とあるのを、

「軍勢は山から下《お》りて来て別れ別れになるわけだろ。だからさァ、狐《きつね》も一緒について来たかもしれんじゃない」

想像をめぐらし、

〝汝はここまで狐ども、とくとく帰れ故郷へ〟

正成・正行親子を慕《した》ってついて来た狐たちに故郷の山へ帰れ、と命じている、と考えたとか。村上さんの絵にはときどき狐が登場するけれど、幼い日のイメージが今なお残り続けているのかもしれない。だれしもがこんな珍妙《ちんみょう》な体験を持っているのではあるまいか。

閑話休題《かんわきゅうだい》――小倉百人一首もこうした滑稽《こっけい》なまちがいを生みやすい世界であり、私はと言えば、

ももしきや　古《ふる》き軒端《のきば》の　しのぶにも
なほあまりある　昔《むかし》なりけり

気がかりでしたねぇ。

これは第百番、つまり百首からなる歌集の一番最後に置かれた順徳院《じゅんとくいん》（一一九七〜一二四二年）の御詠《ぎょえい》、第八十四代順徳天皇の若いころの歌である。父・後鳥羽院《ごとばいん》とともに鎌倉幕府をくつがえす企《くわだ》てに加わり（承久《じょうきゅう》の乱・一二二一年）敗れて佐渡《さど》に流されて二十余年後、同地で没《ぼっ》した。父子とも歌道に卓越《たくえつ》していたが、小倉百人一首の基《もとい》を選んだ藤原定家《ふじわらのさだいえ》は、時の権力に配慮して、この二人の歌を百首の中に選ばなかったようだ。だが後に定家の子・為家《ためいえ》（一一九八〜一二七五年）が入れ替えを敢行し……父の選んだ歌から二歌を外し九十九番に後鳥羽院の歌を、百番に順徳院の歌を押し込んだ、という説が有力だ。

順徳院の歌の意味は……〝ももしき〟は宮殿《きゅうでん》のこと、その宮殿の古い軒の端《はし》っこに生《お》い茂る忍《しの》ぶ草《ぐさ》を見るにつけても昔のことがしのばれて、いくらしのんでも尽《つ》きることがない、くらいだろうか。

昔日《せきじつ》の栄華《えいが》を思い出して嘆く悲痛な一首だが〝ももしきや〟と言われると、幼いころの私の脳みそは、やっぱり、

――ももひき、かなぁ――

と妄想《もうそう》をめぐらしてしまった。

それが軒の端にひっかかっていてダラダラリン、軒端も古いけど、ももひきも古い。

――どれもこれもおつりがくるほど古いぞ、ってことかな――

と思わないでもなかった。〝たっさん〟や〝狐ども〟と同様のトンチンカンである。

ことのついでに第九十九番・後鳥羽院（一一八〇～一二三九年）の歌も紹介しておけば、

人もをし　人もうらめし　あぢきなく
世を思ふゆゑに　物《もの》思ふ身は

あの人がいとおしい、あの人がうらめしい、この世の真実を求めるがゆえに、もの思う私には人間関係の愛憎《あいぞう》がさまざまに映り、どうしようもなくままならないものに思われてならないのです、という解釈はどうだろうか。

いずれにせよ〝世を思ふ《う》〟と〝物思ふ《う》〟との対比、これがこの歌のポイントだろう。往時《おうじ》の人々が抱《いだ》いていた無常観《むじょうかん》を考慮して〝この世を味気なく思うので、あれこれ思い悩んでしまい、あの人のことこの人のことを思い出してしまうのです〟くらいに解するのが文学的には正しいのだろうが、もう一歩哲学的に踏み込んでみることも許されるのではあるまいか。〝世を思ふ〟は〝この世界とはなんなのか〟と本質を問い、〝物思ふ〟は、そのためにとことん思索を重ね、結局は、

――人間とはなんなのか――

愛《いと》しい人、憎《にく》い人、正しい人、正しくない人、人間の実存《じつぞん》に行きあたり、やるせない諦観《ていかん》を覚えてしまう、と、まあ、私はこんな解釈を提言しておこう。デカルトの〝われ思うゆえにわれあり〟に対し〝われ思うゆえに人あり〟である。

後鳥羽院は往時のスーパーマン、才能にも体力にも恵まれた〝強い〟人格の為政者《いせいしゃ》であった。新興の武家勢力に不満を抱き、

——鎌倉幕府、なにするものぞ——

と抵抗を示した。

承久の乱についてもう少し詳しく述べておけば……後鳥羽院は鎌倉の第三代将軍・源 実朝《みなもとのさねとも》とは親しかったが、実朝が横死《おうし》したのちは幕府との対立が深まり、ついに兵を集めて討幕《とうばく》に打って出る。西国《さいごく》の守護《しゅご》たちの支援を受けたが、北条政子《ほうじょうまさこ》をトップとする鎌倉方は十倍近い兵力を擁《よう》し、組織力もあって、とても勝負にならない。たちまち敗れて後鳥羽院は隠岐《おき》に流され、これを契機に鎌倉幕府は京都や西国、四国にも勢力を広げ、貴族支配から武家支配への決定的転換がここに成《な》った。後鳥羽院にとってはつらく、悲しい生涯であったろう。

とはいえ第九十九番の歌は後鳥羽院の三十代の作。承久の乱より十年ほど前であり、鎌倉方のやり口には目に余《あま》るところがあっただろうが、まだ決定的に後鳥羽院が落ち目であったわけではない。そのわりには諦観が色濃《いろこ》い。第百番の順徳院の歌も二十歳

の作で、これも承久の乱に関わる前のことだ。そのわりには昔の繁栄を偲《しの》んで、年寄りくさい。鎌倉方の圧力におびえていたというか、芸術家の先見性が未来の悲しみを予測していたというか、いずれにせよここには若さが微塵《みじん》もない。歌のよしあし以前の問題を感じてしまう。一方、同じ諦観でも後鳥羽院は少しちがう。因《ちな》みに言えば、後鳥羽院の歌は百人一首の中の名歌と評されることが多く、やはりここには哲学的な深さを感じ取るべきなのではあるまいか。

話が硬くなり過ぎてしまった。

そこで、ググッとくだけて……そう、ももひきのこと。

私は好きです。

若い女性に、

「あんなもの、穿《は》いてるの？」

と軽蔑《けいべつ》のまなざしを注がれるとしても、私、寒がりだし、もう老人だし……。

しかし、まあ、若い女性の美意識がわからないでもない。古い軒下《のきした》になんか干《ほ》してあるのを見ると、ひどくなさけない。美しいとはとても言えない。ダンダラリンとして、この世のものとは思えない。

とりわけ夏ですね。

夏の暑い盛りに、なにかの拍子《ひょうし》で押入れのすみからももひきが現れたりすると、

——ややっ！　よくもまあ、こんなもの、穿くよなあ、おれは——

信じられない。暑さがいや増してくる。嫌悪《けんお》さえ覚えてしまう。

ところが、ですね、涼風《りょうふう》が吹き、秋が去り、冬が来て、寒さが募《つの》り始めると、

「ももひきさーん」

とたんに懐かしくなる。押入れのすみから引き出して、しみじみといとおしくなる。

——季節により、これほど愛憎が変化するものなのか——

ももひきの存在を超えて、われとわが身の理性の不確かさに思いを馳《は》せてしまう。

話を小倉百人一首に戻して、第四話では〈寂しい秋がいっぱい〉と題してその通り寂しく、涼気《りょうき》の漂《ただよ》う歌を扱ったが、このまま季節が進めば次は当然のことながら寒さが増す。憎らしかったももひきをだんだん身につけたくなってくる。周囲の風景は、

心あてに　折《お》らばや折らむ　初霜の
　置きまどはせる　白菊《しらぎく》の花

第二十九番、凡河内躬恒《おおしこうちのみつね》（生没年不詳）の一首は相当に秋が深まっていると見てよい。

現代風にイメージを膨《ふく》らませて述べれば、朝起きて、

「おお、寒いな」

かねてより庭の花壇に菊を植え、白菊が一面に花をつけているはずなのだが、この寒さでは、

――花は大丈夫かな――

心配になって廊下《ろうか》の窓を開けると、

「や、や、や」

まっ白けのけ。

一瞬、白菊が昨日より一層ふんだんに花を咲かせたのかと思ったが、よく見れば、残念でした。霜《しも》、霜、霜、霜。霜が一面に降りて、まったくの話、どれが花で、どこが霜か見分けがつかないほど。

「おーい、すごいぞ」

家の者を呼ぶ。

「なんですか、朝から」

「ほら、見てみろよ。花だか霜だかわからんぞ」

「あーら、本当」

「庭に出て、どれが花か、見当をつけて折ってみるか」

「できるかしら」

といった風景だろう。〃心あてに〃は〃あて推量で〃であり〃折らばや折らむ《ん》〃は〃折れるなら折ってごらん〃である。この歌に対して、

「そんな馬鹿な」

と異議を唱えたのが正岡子規《まさおかしき》で……正岡子規は古今《こきん》集から新《しん》古今集あたりの技巧《ぎこう》的な歌についてよろず手厳しく批判しているのだが、白菊の歌についてはことさらに厳しい。

——初霜が降りたくらいで白菊の花のありかがわからなくなるもんか——

嘘《うそ》もう少しうまくついたら文学になりうるけれど、こんなのはペケ〃一文半文のねうち〃もない、と断じている。くわしくは〈五たび歌よみに与ふる書〉をお読みいただきたい。明治三十一年をはじめとして子規の歌道改革の思いはすさまじく、私としては、

——なにもここまでけちをつけなくてもいいんじゃないの——

と思いたくなる部分もあるけれど、次々に〈歌よみに与ふる書〉を発して警鐘《けいしょう》を鳴らしている。長い伝統をくつがえすには、極論に近いものを突きつける必要があったのだろう。

不肖《ふしょう》私が、今、白菊の歌について意見を述べれば、

――まずまずの歌でしょうな――

もちろん現実問題としては白菊と霜との区別くらいできるだろうけれど、降り広がった初霜のみごとさを誇張《こちょう》して述べた、と思えば充分に許容《きょよう》の範囲内だ。それに……私は見たことがないが、本当にすごい霜が降りたら、見分けがつかなくなることがあるかもしれない。少なくとも雪ならば薄く降っただけでも白菊のありかなんかわかりにくい。雪がそうなら霜だってありうるかも。

凡河内躬恒は身分の低い地方役人であったが、歌はうまく、特に即興《そっきょう》で創《つく》るのが巧《たく》みだった。たくさんの歌が残されていて、三十六歌仙《かせん》の一人。六歌仙くらいならいいけれど三十六となると、名前をあげるのもうっとうしい。が、資料的な価値を鑑《かんが》みて列記しておこう。

柿本人麻呂《かきのもとのひとまろ》・山部赤人《やまべのあかひと》・大伴家持《おおとものやかもち》・猿丸大夫《さるまるだゆう》・在原業平《ありわらのなりひら》・小野小町《おののこまち》・僧正遍昭《そうじょうへんじょう》・藤原敏行《としゆき》・紀友則《きのとものり》・素性法師《そせいほうし》・藤原興風《おきかぜ》・凡河内躬恒・坂上是則《さかのうえのこれのり》・藤原兼輔《かねすけ》・源宗于《むねゆき》・伊勢《いせ》・紀貫之《きのつらゆき》・壬生忠岑《みぶのただみね》・藤原敦忠《あつただ》・源公忠《きんただ》・藤原清正《きよただ》・大中臣頼基《おおなかとみのよりもと》・壬生忠見《ただみ》・源信明《さねあきら》・藤原朝忠《あさただ》・藤原元真《もとざね》・源　順《したごう》・中務《なかつかさ》・斎宮《さいぐうの》　女御《にょうご》・平兼盛《たいらのかねもり》・清原元輔《きよはらのもとすけ》・大中臣能《よし》宣《のぶ》・藤原仲文《なかぶみ》・藤原高光《たかみつ》・小《こ》大君《おおぎみ》・源重之《しげゆき》

である。

知った名前もあれば知らない名前もある。藤原公任《きんとう》（九六六～一〇四一年）なる平

安中期の有力な歌人がこれを選んだが、当初から、

「なんであの人が漏《も》れて、この人が入っているんだ」

と異論が噴出《ふんしゅつ》、この種の選定にはよくあること、深くはこだわらずにおこう。

寒さはさらに増してきて、夜はことさらに冷え込む。鳴く虫の命も長いことはあるまい。第九十一番、後京極摂政前太政大臣《ごきょうごくせっしょうさきのだいじょうだいじん》こと藤原良経《よしつね》（一一六九〜一二〇六年）の歌は、

きりぎりす　鳴くや霜夜《しもよ》の　さむしろに
衣片敷《ころもかたし》き　ひとりかも寝《ね》む

霜の降る寒い夜に、むしろを置き、衣を敷き、きりぎりすの細い声を聞きながら独りで寝るのか、ああ、寂《さび》しいなあ、くらいの意味だろう。肩書《かたがき》を見れば一目瞭然《いちもくりょうぜん》、とっても偉い人である。政治家として、歌人として、一世の教養人として卓越した才能を示したが、若くして急逝《きゅうせい》している。

「でも、そんな偉い人がなんでむしろ一枚のベッドで寝なきゃいけないの？」

「たまたまそうだったんじゃないのか」

「だから急に死んだりするのよ」

「心が寂しく、冬の夜寒の中で、むしろ一枚だけくらいの気分だったんじゃないのか。イマジネーションの産物かもしれない、現実じゃなく」

「変なの」

〝きりぎりす〟は、こおろぎである。寒い夜にこの虫の声が細々と聞こえてくるのは、ひどく寂しい。

そう言えば太宰治《だざいおさむ》に〈きりぎりす〉という書簡《しょかん》体の短編小説があって、のっけからヒロインの〝おわかれ致します〟という宣言。続いて〝あなたは、嘘ばかりついていました。私にも、いけない所が、あるのかも知れません。けれども、私は、私のどこが、いけないのか、わからないの〟と訴えている。

訴えの相手は彼女の夫で、売れない画家であったのが、急に人気を集めるようになり、それにつれ昔の孤高《ここう》はどこへやら、孤高はただの見せかけで、どんどん俗《ぞく》っぽい虚飾《きょしょく》の多い人柄《ひとがら》に変わっていく。地金《じがね》が現れる。そんな夫を、みずからの芸術にひたむきな人だと信じて尽くしてきたヒロインは許せない。別れるよりほかにないと考えたわけだ。

ラジオから夫の不潔《ふけつ》に濁《にご》った声が流れてきて「私の、こんにち在《あ》るは」と大層《たいそう》な言葉が聞こえてくる。ヒロインはスウィッチを切る。そして、

〝一体、何になったお積りなのでしょう。恥じて下さい。「こんにち在るは」なんて恐しい無智な言葉は、二度と、ふたたび、おっしゃらないで下さい。ああ、あなたは早く躓《つまず》いたら、いいのだ。私は、あの夜、早く休みました。電気を消して、ひとりで仰向に寝ていると、背筋の下で、こおろぎが懸命に鳴いていました。縁の下で鳴いているのですけれど、それが、ちょうど私の背筋の真下あたりで鳴いているので、なんだか私の背骨の中で小さいきりぎりすが鳴いているような気がするのでした。この小さい、幽《かす》かな声を一生忘れずに、背骨にしまって生きて行こうと思いました。この世では、きっと、あなたが正しくて、私こそ間違っているのだろうとも思いますが、私には、どこが、どんなに間違っているのか、どうしても、わかりません〟

と終っている。なかなかの名作だ。不確かな名声に酔《よ》って、いい気になっている軽《けい》佻浮薄《ちょうふはく》な人格をあからさまにあばいて、間然《かんぜん》するところがない。

——太宰がこれを書くかねぇ——

と思うし、

——それが、太宰のしたたかさ。太宰だから書くのだ——

とも思うけれど、この作品では最後に一度だけ出てくるこおろぎが効果的だ。こおろぎが鳴いているのにタイトルは〈きりぎりす〉。辞書には、こおろぎの古名《こめい》がきりぎりすと書いてある。そのかすかな声を藤原良経は人生の寂しさとしてとらえ、太宰治のヒロインは人生の小さな小さな確かさとしてとらえていこう、としているらしい。文学はいろいろ考えるものですね。そこがおもしろいんだけれど。

話を戻して、この季節、昼はまだしも夜が更《ふ》けると、冷気が体に凍《し》み込んで来る。万葉《まんよう》の歌人・中納言家持《ちゅうなごんやかもち》こと大伴《おおとも》家持（？〜七八五年）は第六番で、

鵲《かささぎ》の　渡《わた》せる橋に　置《お》く霜《しも》の
　白きを見れば　夜《よ》ぞふけにける

と詠《よ》んでいる。

「鵲って、なんだ？　むつかしい漢字を書いて」

「昔の鳥って書いてるから、むかしむかしの鳥なんじゃないの」

「たいていの鳥がむかしからいるだろ。鳩《はと》だって雀《すずめ》だって」

確かに……。

かささぎという鳥は、いる。烏《からす》の仲間らしい。肩・下腹部・脚は白いが、頭は黒く、別名を朝鮮烏という。しかし、この鳥を広く知らしめているのは七夕《たなばた》伝説だ。七月七日の夜、彦星《ひこぼし》が橋を渡って織姫《おりひめ》とあいびきをするのだが、その橋はかささぎが羽を連《つら》

ねてつくるとか。鳥そのものは文禄《ぶんろく》・慶長《けいちょう》の役《えき》（一五九二〜九八年）のとき朝鮮から連れてきた外来種であり、万葉のころには日本列島に実在していなかった。ぜんぜん昔の鳥ではない。伝説が先行し、むしろ夏を思わせる鳥なのだが、家持はあえて居もしない鳥を冬に登場させ、

――フィクションですよ――

と、まっ黒い夜にまっ白いかささぎが羽を連ねているイメージを創ったのだろう。

歌の舞台は……ただ、ただ橋の上に、一面に霜が降りている風景。だが、その〝白きを見れば夜ぞふけにける〟がよい。夜の底に筋《すじ》を引いて伸びる純白の冷たさ。ひたひたと冷気が身を包んで凍《こご》えてくると、

――夜がふけたんだ――

視覚が夜の深さをしみじみと訴える、というレトリック。この一句に情趣《じょうしゅ》を賭《か》けた歌と見てよいだろう。けだし名歌である、と私は思う。

大伴家持はもう一人の万葉歌人、大伴旅人《たびと》の子であり、由緒《ゆいしょ》ある大伴家は藤原家の台頭《たいとう》にあって凋落《ちょうらく》、家持も陰謀《いんぼう》に関わったとして遺骸《いがい》にまで辱《はずかし》めを加えられた。が、歌人としては父子ともども後世に英名《えいめい》を残した。よかったですね。

家持の歌に比べると、源宗于朝臣《みなもとのむねゆきあそん》（？〜九三九年）はどうだろう。第二十八番で、

山里は　冬ぞさびしさ　まさりける
　人目も草も　かれぬと思へば

と詠んで、わかりやすいと言えば、わかりやすい。つまらんと言えば、つまらん。山里は冬になると、とりわけ寂しい。人も訪ねて来ないし、草木も枯《か》れてしまうからね、なのだ。

そう言えば、狂歌《きょうか》……。だれの作か忘れたが（細かいところはちがっているかもしれないが）

山里は　冬ぞさびしさ　まさりける
　やっぱり冬は　町中がいい

こんなざれ歌を見た覚えがあるけれど、まったく宗于の歌にはそんな半畳《はんじょう》を入れたくなってしまう。

ところで実際の話、真冬のさなか、だれも訪ねて来ない山里で、まわりは枯れ草だらけ、あばらやに一人置かれるようになったら、ここは厚手《あつで》のももひきですね。若い女性の視線などあろうはずもないのだからメリヤスのらくだ色のやつ、ポカポカとうれしい。やっぱり冬はももひきがいい、である。

源宗于については光孝《こうこう》天皇の孫らしいが、天皇の孫なんてたくさんいただろう。あまり出世することなく、地方まわりが多かった。歌人としては先に述べた三十六歌仙に名があるのだから、これもよかったですね。

カルタ遊びとしての小倉百人一首の要点については、このエッセイの第三話でも触れたけれど、次の二つは一見して困りものだ。困るから上手下手、腕のちがいが明らかになりやすい。すなわち、

朝《あさ》ぼらけ　有明《ありあけ》の月と　見るまでに
吉野《よしの》の里に　降《ふ》れる白雪《しらゆき》

朝ぼらけ　宇治《うじ》の川霧《かわぎり》　たえだえに
あらはれわたる　瀬々《せぜ》の網代木《あじろぎ》

ともに冬の歌だ。

前者は第三十一番・坂上是則《さかのうえのこれのり》（生没年不詳）の歌。後者は第六十四番・権中納言定頼《ごんちゅうなごんさだより》（九九五〜一〇四五年）こと藤原定頼の歌である。

両方ともカルタ競技の席では、

「あさぼーらけー……」

で始まる。競技者たちは（上級者に限られるだろうけれど）

——来たぞ、来たぞ。あそことあそこ——

あらかじめこの五文字で始まる二枚の取り札《ふだ》の位置を確認しているのが通例だ。この次に、

「あ」

と来るか、

「う」

と来るか、一瞬のヒアリング、一瞬の判断、一瞬の動作……勝ち負けが分かれる。第三話で述べたフィフティ・パーセントの法則も充分に支配する情況である。是則さんも定頼さんも自分の歌がこんなところで注目されているとは、つゆ知るまいけれど……。

さて、坂上是則の一首から言えば、これは古今集から採《と》った歌で、そえ書《がき》には〝大和《やまと》の国にまかれりける時に、雪のふりけるを見てよめる〟とある。つまり大和の

国は吉野地方へ旅したおり、有明と言うのだから朝早く、ふと里野を望み見ると、月がさしていたのか、いなかったのか、

――あれっ――

天から地へしろじろと明るさが広がっている。

――お月さんなのかなあ。いや、雪が白く降っているんだ――

有明の月かと見るほどに白い雪が降っていたのよ、という意味である。さりげない驚きをさりげなく詠んだ歌、と評してよいだろう。

坂上是則については、これも三十六歌仙に名はあるが、さほどの履歴《りれき》を持つ人ではなく特筆すべきは蹴《け》まりの名人。連続二百六回蹴り続けたという記録が残っている。蹴まりというのは、ほら、サッカーの選手がときどき一人遊びと言うのか、おのれの技のデモンストレーションと言うのか、一人でボールをトントンと蹴り続け、地面にけっして落とさないパフォーマンスを演じているが、あれと同じように蹴り続けるのもゲームの一種目としてあったのだろう。直垂《ひたたれ》姿であったかどうか、とにかく古式の服装で、ポン、ポーンと二百六回はすごい。

次にかわって藤原定頼のほうは、千載《せんざい》集にあって、そえ書は〝宇治にまかりて侍《はべ》りける時よめる〟と、そっけない。〝網代〟は竹や木や草の茎《くき》で編《あ》んだ網《あみ》のこと。文字

通り網の代わりにして川の流れに仕かけて魚を捕る。その網代を留めるための杭《くい》が〝網代木〟である。

朝早く、夜が明け始めると、川霧が少しずつ消えて、川の瀬に点々と網代木が現れてくる、ということ。だから、どうした？　と問われても困ってしまう。一幅《いっぷく》の風景画のようなもの。すなおに詠んでいるところを買うべきだろう。

定頼は名高い歌人にして、ほら、三十六歌仙を選んだ藤原公任の子で、そこそこの歌人として評価されていたが、父は息子を三十六人に入れていない。よいたしなみですね。この親子についてはくわしい事情を知らないけれど、親というものはわが子の評価について身贔屓《みびいき》が過ぎては見苦しい。気をつけましょうね。

が、それはともかく、この定頼は第一話で和泉式部《いずみしきぶ》の娘、小式部内侍《こしきぶのないし》に厭味《いやみ》を言ったことで知られている。小式部内侍の歌は母親が代作しているにちがいないと邪推《じゃすい》し、母が丹後《たんご》へ行っているのを見越して、

「歌合わせの歌はできましたか。お母さんのところへ使いをやりましたか、返事は来ましたか、心細いことでしょうね」

とジャブを入れたことはすでに述べた。

小式部内侍の反撃にあい、こそこそと立ち去ったが、たったいま掲げた、すなおな風景画風の一首をみると、厭味だけのおじさんではなかったのかもしれない。案外、

小式部内侍のほうが、小なまいきな娘だったのかも。

「しかし、わからんよ、それは」

「うん？」

「歌は清らかだけど、性格わるいって人、いるから」

「たとえば？」

「だれとは言えないけど」

清純《せいじゅん》そのものの児童文学を綴《つづ》りながら当人は相当にあくどい作家、というのはいる。

私は知っている。ここではだれとは言えないけど……。

はて、さて、冬の朝、布団《ふとん》の中は温《ぬく》いけれど、〝朝ぼらけ〟の里や川などを眺《なが》めるとなれば、そう、ももひき、ももひき、あれは本当に年寄りたちのよい身方です、はい。

第六話　悩める男たち

いささか旧聞《きゅうぶん》に属するのだろうが、加山雄三の歌う〈君といつまでも〉が好きだった。好きというよりも、

――みごとだな――

しみじみ感心してしまう。

〃ふたりを夕やみが、つつむこの窓辺《まどべ》に……〃

と、今でもときどき聞こえてくるのはうれしい。

なにがいいかと言えば……おわかりですね、あの歌ほど恋のひとときのすばらしさを高らかに、キラキラと歌っている歌は珍しい。歌詞といい、メロディといい、ほかにも愛の名曲はあるだろうけれど、特筆大書《とくひったいしょ》にふさわしい名歌の一つと称してよいだろう。太陽の輝き、海のたゆたい、風の匂《にお》い、いっさいが恋の喜びを謳歌《おうか》し、ことほいでいる。若い二人がイチャイチャしていても、

――いい気になりやがって――

と、けちをつける気にはなれない。

——能天気《のうてんき》とちがうか——

と、行《ゆ》く末《すえ》を案じることもあるまい。

確かに……身も心も溶かす恋の絶頂なんて、そうそう長く続くものじゃないし、今日ひとときいい気になっていても明日はどうなるかわからない。明日はともかく十年、二十年、しあわせが長く続くことはけっして多くはない。頭がわるいから先々の考えもなく喜んでいるんだ、と、こざかしい推測もあながち見当ちがいではあるまいけれど、

——まあ、いいじゃないですか——

たとえ誤解でも疑念ひとつ浮かばない恋の喜びにとことん浸《ひた》れるときは、すばらしい。一生に一度あるのか、二度あるのか、もし味わうことができたら、

「幸せだなァ」

鼻筋くらい撫《な》でていて、よろしいではないですか。

こんなことを述べたのは、そう、われらが親愛なる小倉百人一首、百歌もあって、その中には恋の歌が圧倒的に多いにもかかわらず、

——見当たらないんだよなあ——

恋の喜びを歌ったものが少ない……いや、いや、少ないどころか、ほとんどない。

一つもない。

――なぜなのかなあ――

遠い時代にだって、楽しい恋はあっただろう。輝かしい恋のひとときは充分にあっただろう。それを歌った歌は、ほかの歌集・文献にはたくさんある。

本邦《ほんぽう》最初の和歌とも言われる須佐之男命《すさのおのみこと》の御詠《ぎょえい》は〝八雲《やくも》立つ　出雲《いづも》八重垣《やへがき》　妻籠《つまご》みに八重垣作る　その八重垣を〟と古事記《こじき》の中にあって、これは新妻《にいづま》をえた喜びだ。八重垣で固めたりっぱな家を造り、その中で恋しい女とねんごろに暮らそう、と力強く喜びを訴えている。

万葉集《まんようしゅう》には、思うほどには逢《あ》いびきができない恋歌が多いけれど、たとえば安倍女郎《あべのいらつめ》（生没年不詳）の歌〝我が背子《せこ》は　物《もの》な思ひそ　事しあらば　火にも水にも　我がなけなくに〟と、つまり、いとしい人に変事《へんじ》があったら火にも水にも飛び込んで助けましょう、だからウジウジしないで、ねっ、と力強いし、大伴坂上郎女《おおとものさかのうえのいらつめ》（生没年不詳）なら〝恋ひ恋ひて　逢へる時だに　愛《うつく》しき　言尽《ことつ》くしてよ　長くと思はば〟と、恋人同士が会っているときの喜びが歌われている。

「すてきだなァ、君は」

「あなたもすてき」

「いつまでも愛しあおう」

「ほんとね」

言葉で愛を尽くして喜んでいるのだ。もうひとつ、これは作者未詳《みしょう》ながら〝このころの我が恋力《こひぢから》　記《しる》し集《あつ》め　功《くう》に申さば　五位《ごい》の冠《かがふり》〟なんて、

「俺《おれ》ちゃんの恋の努力、すごいからな」

「そうなの？」

「ああ。ちゃんと記録しておいて実績を報告したら五位の冠《かんむり》、もらえるよ」

五位の冠は部長のポストくらいかな。屈託《くったく》のない心境が綴《つづ》られている。

そこへ行くと、百人一首の歌人たちはなんとしよう、諸行無常《しょぎょうむじょう》が世の習《なら》い、つらい恋、満《み》たされない恋を歌って、それが文学なんですよ、と、そんな風潮があったにちがいない。女はともかく男だったら、もう少し頑張れよ、と言いたくなるのは私だけだろうか。

少しは威勢のいいものを、と探し求めた結果、崇徳院《すとくいん》（一一一九〜一一六四年）は第七十七番の御詠、

瀬《せ》を早《はや》み　岩にせかるる　滝川《たきがは》の
われても末《すゑ》に　逢《あ》はむとぞ思ふ

滝川《たきがわ》の水はすみやかに瀬を流れて岩にぶつかって分かれても、やがてはまた合流する。私たちもいま仲を裂《さ》かれてもきっと会いましょう、である。

男同士の固い友情と解することもできるが、これは詞花《しか》集にあって、恋の歌。やっぱり、男女の仲でしょうね。凄烈《せいれつ》な水の流れと瀬の響きとが力強く語句に漲《みなぎ》り〝われても末《すえ》に逢は《わ》む《ん》とぞ思ふ《う》〟が固い決意に思えて頼もしい。

その人、崇徳院は第七十五代の天皇で、四歳で即位、このことからも推測できるように院政《いんせい》の盛んな時代であり、天皇より天皇をしりぞいた上皇《じょうこう》（院）のほうが実力者であるケースが多かった。崇徳も父の鳥羽《とば》院との確執《かくしつ》に悩まされ、弟の後白河《ごしらかわ》天皇の台頭《たいとう》も著しく、崇徳は兵を挙げ、保元《ほげん》の乱（一一五六年）を起こす。が、敗れて讃岐《さぬき》に流され、そこで没《ぼっ》した。この生涯を思えば、〝瀬を早み〟の歌をたったいま〝男同士の友情〟と呟《つぶや》いたことも許されるだろう。崇徳に身方《みかた》してくれた勇者もたくさんいたのだから悲運にあっても再会を考える事情が充分にあったにちがいない。

このとき敵軍に、すなわち後白河側についた武将が源　義朝《みなもとのよしとも》（頼朝《よりとも》、義経《よしつね》の父）や平清盛《たいらのきよもり》たちであり、やがて平治《へいじ》の乱（一一五九年）を経て源平の対立、後白河院が辣《らつ》腕《わん》を揮《ふる》う時代へと移っていく。

崇徳院の歌は恋の歌ながら力強さがあるのは、この人の心意気かもしれない。歌道にも優れていたが、讃岐での日々は怒りを残したままの激しいものであったとか。連《れん》綿《めん》と一つの恋にのみすがる人柄《ひとがら》ではなかったかもしれない。

一方、恋に悩める男たちの気弱な歌ということなら、百人一首は、はい、得意ですね。たくさんあります。第十八番、藤原敏行朝臣《ふじわらのとしゆきあそん》（?〜九〇一年）の歌なら、

住《すみ》の江《え》の　岸に寄《よ》る波　よるさへや
　夢のかよひ路《ぢ》　人目《ひとめ》よくらむ

住の江は大阪の住吉《すみよし》の海岸のこと、むかしむかし神様が、

「どこに住んだら、いいかな」

住みよい土地を探していたところ、この海浜に到って、

「ここがいい、ここがいい」

住みよい場所を見つけ、これが住吉神社の縁起《えんぎ》となったとか。この歌の作者がとりわけこの海辺と関わりが深かったわけではなく、上《かみ》の句五七五の、二番目の五のところで〝よるさへ《え》や〟と〝夜〟を引き出すために七のところで〝寄る〟波を示し、その波を引き出すために〝住の江の岸〟を持ち込んだ、という事情。

「それだけのことなの？」

「まあ、そうだろ」

「手間がかかるなあ」

とはいえ、これが古今《こきん》集あたりの作歌法の特徴の一つ。どこの海岸でもいいのだろうけれど、みんながよく知っていて歌枕《うたまくら》にもなっている海がふさわしいだろうし〝住の江の岸に寄る波よるさへや〟と調子がいい。これが大切。波がヒタヒタと寄せてくるイメージが人知れず忍《しの》び寄る恋ごころと通じている、という効果も含まれている。

歌全体の意味は、昼間は人目を避《さ》けなければいけないので、恋しい人に会えなくても仕方ないけれど、せめて夜くらい……せめて夢の中くらいで会いたいと思っているのに、それも叶《かな》わない。夢の中でさえ人目を避けているのだろうか、である。

下世話《げせわ》な例で示せば、

「どうせ彼女に会えないんだから、今晩夢で会おう」

と、布団《ふとん》をかぶって眠りについたのに、

「くそっ、夢にも出て来てくれんのか」

という心境。それを典雅《てんが》に歌ったわけである。ずいぶんと技巧《ぎこう》的な歌だが、言葉の響きはわるくない。控《ひか》えめな恋ごころだが……と言うより激情を感ずる歌ではないが、
まあ、

——恋愛には、こんなことを感じるとき、あるでしょ——

と軽く歌っている。やむにやまれぬ真情を吐《は》き出しているわけではあるまい。本当に会いたいのなら夢の中なんかじゃなく命がけで会いに行けばいいのよ、恋ってものは。でしょ？

この歌人については、あまりつまびらかではないが、調べるうちに、ほかにすてきな一首を詠《よ》んでいることがわかった。すなわち〝秋来ぬと　目にはさやかに　見えねども　風の音にぞ　驚かれぬる〟（古今集）と、よく知られていますよね。

〝住の江の〟と似たような歌が第二十番にあって、作者は元良親王《もとよししんのう》（八九〇～九四三年）。プレイボーイで、女性関係は華やかだったらしい。だから……いまの歌と比べて発想は似ているが、中身は少しちがうのかもしれない。後撰集《ごせん》にはそえ書があって〝京極御息所《きょうごくのみやすどころ》につかはしける〟とあって、これは何度目かの恋、具体的に恋しい相手を明らかにし、悶々《もんもん》たる心情の中で、

——こんなに愛しているんだぞ——

と、強いデモンストレーションが感じられなくもない。

わびぬれば　今はた同じ　難波《なには》なる

身《み》をつくしても　逢《あ》はむとぞ思ふ

これも大阪である。〝みおつくし〟は水路を案内する標識である。難波《なにわ》の海に立つみおつくしを引きあいにして〝身をつくし〟を、つまり〝わが身をつくす〟ことを提示している。〝住の江の〟と少し似ているとした所以《ゆえん》である。〝今はた同じ〟は〝今もまたおんなじ〟だが、これをどういう心境と考えるか、悩ましい。

歌の大意は、恋愛関係がうまく運ばず、つらく、わびしい思いをしているのだが、とことん身をつくしても、あなたにお会いしたい、半端《はんぱ》な気持ちじゃありませんよ、くらいだろう。

そこで問題は〝今はた同じ〟だ。今はもうどうなっても同じことだから、という破滅の覚悟《かくご》を匂《にお》わせているという説が有力だが、あるいは、

――いつもこんな感じだったけど、いよいよ本気で会ってみるか――

つまり中途半端の気持ちのまま身を引いてしまったケースが今までにたびたびあって、今度もまた同じ心境に陥《おちい》りそうになっているけど、いや、いや、今度ばかりは命がけだぞ、と解するのはいかがだろうか。

とはいえ、これぞプレイボーイの真骨頂《しんこっちょう》、意気込みだけは相手に強く訴えるものでなくてはいけない。たとえ心の嘘《うそ》が少し混じっていたとしても、ね。そこを考えると

〝今はた同じ〟は国語の授業とはちがった、いろいろな解釈がありそうだ。

いい歌かどうか？　ひたすら〝身をつくしても逢はむとぞ思ふ〟と、この文言《もんごん》を強く訴えたい歌、技巧的だが、その気持ちは巧《たく》みに歌われていますね。八十点くらい。

ちがいますか。


まったくの話、相手と会わなければ、なにも始まらない。恋もへちまもない。にもかかわらず昔は現代とちがって男女がそう簡単に顔を合わせるわけではなかった。

「どう、お茶でも」

「いいわよ」

軽く会って無駄話《むだばなし》を交《か》わすことは少ない。会うこと自体に深い意味が託《たく》されていた。

そうそう簡単に会えるわけではなかった。会うこと自体が恋であった。

されば中納言朝忠《ちゅうなごんあさただ》こと藤原朝忠（九一〇〜九六六年）は第四十四番で、

逢《あ》ふことの　絶《た》えてしなくば　なかなかに
　人をも身をも　恨《うら》みざらまし

この人の事情を推測すれば……過去に一度か二度か、とにかく会って、それなりの恋愛関係みたいなものがあったけれど……やっぱり振られたんでしょうかね。歌は、あなたに会うことがまったくなかったならば、人を（あなたを）恨んだり、自分を悔《くや》んだりすることもなかっただろうに、です。わかりますね。この解釈は〝絶えてし〟を〝絶対に〟の意味にとった場合だが、いや、いや、そうではない。

「今でもチョコチョコ会っているんだよ、これは」

「えっ？」

「それが〝絶えて〟なくなってしまえば、いい。なまじ蛇《へび》の生殺《なまごろ》しみたいなのは困る、って、そういうことかもな」

わかります。これもよくあるケースだ。

ところで、あくまでも一般論として言うのだが、男女の仲は男性が誘《さそ》いかけるのがつねである。目当ての女性に対して、あの手がいいか、この手がいいか、思案をめぐらす。女性は受け身でよろしい。粉《こな》をかけられたところで初めてイエスか、ノウか、適当に判断すればいい。だから、

「男は大変なんだよ。失敗すれば恥《はじ》をかくし、プライドも傷つくし、おまけにあとで〝あんたが誘ったんでしょ、責任とってよ〟と責められる」

「そうかしら」

「そうだろ。その点、女は楽でいい。ただ待ってればいいんだから」

「もてない女だっているわ」

「もてない男も多いぞ」

もてる男、もてない女、そういうレベルはどうでもいい。中くらいのレベル、あるいはそれ以下……。大多数についての考察である。

「でも女も大変なのよ」

「どうして？」

「前にアメリカのハイスクールの話、聞いたことあるわ。男女の交際が一番の関心事でしょ。パーティなんかしょっちゅうあるし」

「うん？」

「ほとんど誘われない女の子もいるのよ。涙《なみだ》ぐましい努力をしても誘われないの」

「男だって、いくら誘っても相手にされない。そりゃおたがいさまだろ」

「そこがちがうの。もてないのは同じでも、いろいろ具体的にやってみて、それで駄《だ》目《め》なら、まだあきらめがつくでしょ。もしかしたらいい返事が来るかもしれないって、多少はおいしいこと考えられるじゃない。まるっきり誘われず、さりとて自分から積極的に出るわけにもいかず、ただイジイジ待ってるだけって、これはやってみて駄目なのよりずーっとつらいし、悲しいわ」

「自分から言い出せばいいだろ」

「それがなんとなくできないのが性差でしょ。個々のケースはいろいろでしょうけど、一般的には女性のほうがずっと悲しい立場なのよ。ティーンエイジャーのちっちゃな胸で女の子は自分はだれからも好かれないなんて感ずるのよ、本当にかわいそう。男のほうは、とにかく自惚《うぬぼ》れて、夢を見て、行動に移すこともできるじゃない。たくさん断わられたって勲章《くんしょう》みたいなもんでしょ」

「うーん」

確かに……。ひたすら待つだけの若い女性はおおいにつらいだろう。

それにしてもヴァレンタイン・デイのチョコレートというのは、粋《いき》な風習ですね。昨今《さっこん》はやたらケバケバしく騒ぎたてられて本来のほほえましい気配が失われがちだが、あれは女性からちょちょっと小出しに好ましい男性に誘いかける方便《ほうべん》としてとても〝よろしい〟んですよね。

ベースはどこまでもジョーク、ジョーク、遊び感覚、本気じゃないみたいにして……。

「ショー・ウインドーにきれいなチョコレートがあったから、ほしくなっちゃって。ついでに、ほら、今日ヴァレンタイン・デイじゃない」

「あ、そう。ありがと」

受け取るほうもかるーく、かるーく。

そして、その気がないならジョークに流し、その気があるならソロリ、ソロリとそちらのほうへアクションを示す。ジョークを装いながら……女性のめんつを保ちながら男女交際のチャンスを探るところが〝よろしい〟んですね。初めからあんまり本気っぽいのはいけません。世の中ずいぶん変わったけれど、やっぱり女性から誘うのは、むつかしい。むつかしい人も多いのだ。

百人一首の時代は断然、男性に都合《つごう》のいい情況であったけれど、諸般の事情により男性の思う通りにいかないケースもやっぱりあって、それが高じて振られて嘆《なげ》くことになる。そこに、

――美意識さえ感じているんじゃあるまいなあ――

と思いたくなるケースも生ずる。いずれにせよ先に述べたアメリカのハイスクール事情に鑑《かんが》みて言えば、

「口説《くど》いたうえで嘆くのは、ただひたすら待つ身よりいいわよ」

ではあるまいか。この件に関しては女性の嘆きのほうが現実的で、切実に思われてならない。

そこで、藤原実方朝臣《ふじわらのさねかたあそん》（?～九九八年）なる御仁《ごじん》は第五十一番の歌で、

かくとだに　えやはいぶきの　さしも草《ぐさ》
　さしもしらじな　燃ゆる思ひを

と、これは後拾遺集《ごしゅうい》から採って、そのそえ書には、初めてのラブレターです、と綴ってある。人生で初めて、ではあるまい。女性関係は華やかな人だった。相手の女性に対して初めて粉をかけた、という事情だろう。歌道《かどう》も巧みで、技巧派の雄《ゆう》であった。なるほど、なるほど、この歌も技巧が目立つ。言いたいことは〝さしもしらじな燃ゆる思ひ《い》を〟なのだが、その〝さしも〟を引き出すために伊吹山《いぶきやま》のさしも草を持ち出し、調子よくまとめあげている。〝かくとだに〟は〝このように〟であり、〝えやは〟は〝言うことができようか、いや、できない〟という反語《はんご》である。

〝さしも草〟については第四話で〝もぐさの一種〟と記しておいたが、あちらは栃木県のしめぢが原、こちらは滋賀と岐阜との県境にそびえる伊吹山、もぐさの名産地として知られていたのだろうが、それはともかく、もぐさに火をつけチリチリ、お灸《きゅう》は熱い。胸中に燃ゆる思いもそのくらい熱い、と匂わせている。

歌の大意は……これほどまであなたを思っているんだ。その思いの深さを言葉で言うことができようか、いや、できない。さしも草を燃やしたように熱いのに、さぞかしご存じないのでしょうね、である。

密《ひそ》かに恋して、恋して、ひとめ惚れ、最初の告白からこのくらい情熱的、というケースもありうるだろう。だから、この歌をして、真ごころの吐露《とろ》でないとは断定できないけれど、技巧が勝ち過ぎると、

――恋愛のテクニックかな――

女性はかえって警戒《けいかい》するかもしれない。あるいは、

――こんなにうまくて、すごい歌、いっぺん贈られてみたいわ――

それも女ごころかもしれない。

ところで……あえて言うならば、密かに思う恋、これも恋愛の一つのパターン、そうわるいものではない。

密かに思っているぶんにはどんなイマジネーションだって描ける。思い通りの恋ができる。いつでもやめられるし傷つくこともない。すてきな恋歌を創《つく》るのに役立つ。歌合わせなどで披露《ひろう》するケースでは、その背後に実際の恋がありそうで、なさそうで、文字通り虚実《きょじつ》入り乱れた文学作品ということもおおいにあっただろう。つまり、それなりの現実をふまえたうえでのフィクション、ということだ。

平兼盛《たいらのかねもり》（?～九九〇年）は、源氏と戦った一門の名前を髣髴《ほうふつ》させるが、それよりず

っと古く、天皇の子孫が臣下《しんか》に下《くだ》って平氏を名乗ったケースのひとり。光源氏《ひかるげんじ》が臣下に下って源氏を名乗ったのと同様である。第四十番の歌は、

忍《しの》ぶれど　色に出《い》でにけり　わが恋は
物や思ふと　人の問《と》ふまで

と、わかりやすい。実際にないことではない。高ずれば恋わずらいとなるかも。講談や落語にもあるじゃないですか。若旦那《わかだんな》が外出したおりに、すごい美人を瞥見《べっけん》する。たちまち惚《ほ》れ込んでしまい、

──あの人、だれだろう、どこに住んでいるんだろう──

捜《さが》しても簡単に見つかるはずがない。

──どうすればいいんだ。あの人に会いたいよおーッ──

思い悩んで寝込んでしまう。わけ知りの番頭《ばんとう》なんかが、

「どうしたんです、様子がおかしいじゃないですか」

「わかるかね」

色に出てしまったわけだ。

平兼盛の場合は（現実ならば）相手がだれか、わかっているのだろうか、身分のち

がいとか、人妻《ひとづま》だとか、いろいろ事情があって告白することもできず、もの思いに沈んでしまった、と想像することができる。

が、これは天皇主催の栄《は》えある歌合わせで、次の歌と優劣を競《きそ》いあい、一応〝勝った〟とされている名歌らしい。この事情のほうがよく知られている。

その、次の歌とは第四十一番であり、詠者《えいしゃ》は壬生忠見《みぶのただみ》（生没年不詳）で、

恋すてふ　わが名《な》はまだき　立ちにけり
　人知れずこそ　思ひそめしか

と、これもわかりやすい。〝恋すてふ《ちょう》〟は〝恋をしているぞ〟である。〝てふ〟はチョウと読み、〝てふてふ〟が蝶々《ちょうちょう》で、この旧仮名遣《かなづか》いには悩まされてしまう。〝まだき〟は〝もうすでに〟の意。こっそりとあの人のことを思っていたのに、もう、

「あいつ、恋をしてるぞ」

と、うわさが立ってしまった、という情況である。

これも現実によくありますね。芸能界なんか、これを専門に嗅《か》ぎまわっているジャーナリストがいるから厄介《やっかい》だ。本人のリークなんかもあったりして……。第四十番の兼盛の歌と比べて、どっちがいいですか。古き歌会の判定は前者を勝ちとしたが、よ

しあしは微妙だったらしい。

ところで話は変わるけど……長いこと生きてきた私の体験から言うのだが、街角であれ、ティールームであれ、場所はどこでもいいけれど、一組の男女が連れだっているのを見たとき、どんなにさりげなくしていても、

――このペアー、怪《あや》しいぞ――

よい仲だとわかるときがある。が、その反対に、

――この二人はなんでもない。たまたま会っただけだな――

とわかるときもある。

そして、この判断はおおむね正しい。発しているオーラがちがうのかもしれない。

私は昔、口うるさい田舎町の夜を、古いガールフレンドと（ただの同級生だ）二十分くらいそぞろ歩きをしたことがあって、

――へんな噂を立てられたら彼女にわるいな――

と思ったけれど、残念でした。なんの噂も起きなかった。やっぱりオーラが漂《ただよ》っていなかったのだろう。怪しいときは、どんなに装っても周囲は思いのほかきっかりと見抜くものだ。ちがいますか。

遠い時代の男たちの悩ましい恋歌の中で、私がなんとなく好きなのは、

由良《ゆら》の門《と》を　渡る舟人《ふなびと》　かぢを絶《た》え
　ゆくへも知らぬ　恋の道かな

第四十六番、曾禰好忠《そねのよしただ》（生没年不詳）の歌である。この男、身分は低く、人柄は円満ではなかったが、歌にはキラリと光るものがあったとか。

〝由良の門〟は京都府宮津《みやづ》を流れる由良川の瀬戸《せと》らしいが、まあ、どこでもよろしい。そこそこに広い川に舟が浮き、それを川岸の、少し高いところから展望している感じ、私はそう思う。〝かぢを絶《じ》え〟は舟が梶《かじ》を失っているのだ。ただ船頭《せんどう》さんが休んでいるだけかもしれないが、とにかく船体のコントロールが失われているように見える。

――どこへ行くのかなあ――

行方《ゆくえ》は測《はか》り知れない。この先に急流があるか、滝があるか、海に流されて乗員の命が失われるか、わからない。

　同様に、人の世の恋にも、ふと胸に手を置いて考えてみると、この先どうなるのか、測り知れない瞬間がある。いい加減な恋ならむしろ心配はないけれど、本気の恋は怖《こわ》いぞ。どんどん深みにはまってしまうことがある。許されない恋もある。自分自身の心の行方にもわからない部分が伏在《ふくざい》しているけれど、相手の心は、相手の事情は本当

のところ、さらにわからないのがつねだ。人の心は変わるものだし、多少なりとも真剣な恋愛を体験したことのある人なら、

——まったく行方も知らぬ恋の道かな、だなあ——

納得するはずだ。

命を落とす人もいるし、人生を誤《あやま》ることも多い。

椿森《つばきもり》　二十歳の恋を　恨みけり

不肖《ふしょう》私の作句《さっく》である。あははは、フィクション、フィクション、そんな恋は体験しなかったなあ。

第七話　哲学を歌う

「日本で一番、哲学《てつがく》に関わりの深い県はどこか、知ってる？」

「哲学？　京都かしら。県じゃないけど」

「なんで」

「お坊《ぼう》さんも多いし、ほら、哲学の道なんて、あるじゃない」

「なるほど」

銀閣寺《ぎんかくじ》の下。哲学者の西田幾多郎《にしだきたろう》や田辺元《たなべはじめ》が足繁《あししげ》く散歩を楽しんだため、この名がつけられたとか。京都観光の小さな名所である。川ぞいの小径《こみち》は見どころが多く、そぞろ歩きにふさわしい。

「でも、ちがうんだ」

「ええ？」

「哲学って英語でフィロソフィって言うだろ」

「ええ」

「あれは〝知性を愛する〟って、そういう意味なんだ」

「それで?」

「だから〝知性を愛する〟って言えば、愛知県だろ。ゆえに哲学と関わりが深い」

「本当かしら」

「本当かどうか、とにかく名前はそうなっている」

愛知県の方、頑張《がんば》ってくださいね。

「すごい名前ね。なんでそんな名前にしたのかしら」

「よくわからん。〝あゆ〟が湧《わ》き水のことで、湧き水が多いので〝あゆち〟だとか、あるいは東風を〝あゆ〟と読んで、それで東風のよく吹く〝あゆ〟の地だとか、古くから愛知、あるいは愛智という字が当てられていたらしい」

「哲学なんて、いかめしいわね」

「英語のフィロソフィは、わりとらくに使ってるんじゃないのか。〝あんたのフィロソフィはなんですか〟なんて」

「困っちゃうじゃない。哲学なんか聞かれて」

「いや。〝あなたの考えはどうだ〟くらい。たいしたこと聞いてるわけじゃない」

「へーえ」

確かに。哲学というと大げさだが、フィロソフィは語源はともかく〝思案《しあん》〟くらい

の軽い意味で用いられることも多い。そこで人生についての思案なら小倉百人一首に

もたくさんある。

まずは第八十三番、皇太后宮大夫《こうたいごうぐうのだいぶ》と、いかめしい肩書《かたがき》がそえられているけれど、当

代きっての歌人・藤原俊成《ふじわらのしゅんぜい》(=としなり=一一一四〜一二〇四年)の歌はどうだろう。

この人は藤原定家《ていか》の父であり、多くの歌人を育てている。

世の中よ 道こそなけれ 思ひ入《い》る
山の奥《おく》にも 鹿《しか》ぞ鳴くなる

のっけから"世の中よ"と呼びかけているのだから……偉い。で、その世の中には、

道がないのである。

えっ。「道なんか、いくらでもあるだろ。東名高速とか、銀座通りとか」なんて馬《ば》

鹿《か》なことを言ってはいけないよ。

わかりやすく言えば、快《こころよ》く生きる道。正義の道、善なる道、われ一人だけではなく、

みんなが幸福に生きる道。逆に言えば、苦しさ、寂《さび》しさ、はかなさから逃《のが》れる道だ。

そんなもの、ない、のである。そこでいろいろ思案を重ね、すべてを捨てて山奥深

く入ってみても、ただ鹿が寂しく鳴いているばかりだ。

「野生の鹿なんて、初めて。僕ちゃん、見たいよ」なんて好奇心を募《つの》らせてはいけないよ。あるいは「山に入れば、鹿くらい鳴いてるさ」なんて散文的《さんぶんてき》なことをほざいちゃいけないよ。

細々と鳴く鹿の声をどう聞くか。どうしようもないほど深い寂しさ、この世の不条《ふじょう》理《り》に思いを馳《は》せなければいけない。この歌を聞いて、そう感じうるかどうか、逆に言えば歌人がそれを人々に感じさせられるかどうか。名人俊成はそれができた。それゆえに、これが名歌、となるのだろう。

この世の不条理に悩み、仏《ほとけ》の道を求めて山中深く引きこもってみても、鹿の鳴く悲しげな声が聞こえるだけ。

——生きとし生けるもの、みんな煩悩《ぼんのう》に迷っているのだ。諸行無常《しょぎょうむじょう》なんだ——

と、これは哲学ですね。

さらに、この世は不条理なのだから、どう踏み込んで思案をめぐらしてみても畜《ちく》生《しょう》のたわごとが聞こえるだけだ、と解したら現代的ペシミズム（悲観主義）が過ぎるだろうか。

ややこしい知識に触れておけば、藤原俊成の歌は幽玄体《ゆうげんたい》と呼ばれ、息子の藤原定家のほうは有心体《うしんてい》と呼ばれている。この二つ、なにしろ親子であり師弟でもあるから、似たようなことを言ってるのか、べつなことなのか、どちらも奥深く微妙で、容易に計り知れなくて、でも趣《おもむき》や情緒《じょうちょ》がひときわ秀《ひい》でていること……。ここではあまりこだわることなく、文学的な知識として、

「あ、幽玄体ね。俊成の歌がそうなんだろ」

「定家の有心体も結局は同じ理念じゃないのかな」

「要するに、あんまりあからさまに詠《よ》むのじゃなく、深い考えを微妙に格調高く訴えることだろ。古今《こきん》集とか、新古今集とか」

これくらい知っていれば一般庶民としては、まあ、よろしい。歌論なんて、素人《しろうと》にはわかりにくいものである。

それよりも巷間《こうかん》によく知られたエピソードを紹介すれば……俊成の時代は源平《げんぺい》あい争って、いよいよ平家《へいけ》が都《みやこ》を落ちていく。ある日、平家の武将が一人、俊成の家の門を叩《たた》き、

「私ども平家の命運《めいうん》はもう尽《つ》きてしまいました。せめて今生《こんじょう》の思い出に、私の日ごろ詠んだ歌から一首でも、勅撰《ちょくせん》の和歌集に残されれば、これ以上の名誉はありません」

と、勅撰の和歌集の撰者《せんじゃ》となることの多かった俊成のところに百余首を預けた。死を覚悟《かくご》した落人《おちうと》の切なる願いであった。俊成は意気に感じ、千載《せんざい》集にその一つを選んだ。

さざ波や　志賀《しが》の都《みやこ》は　荒《あ》れにしを
　むかしながらの　山ざくらかな

志賀の都が琵琶湖《びわこ》のほとりであることを思えば、歌の意味は明瞭《めいりよう》だ。この落人は薩《さつ》摩守《まのかみ》・平忠度《たいらのただのり》。歌集が成ったとき平家は天皇の咎《とが》めを受ける立場であったから、この歌は〝よみ人知らず〟、つまりだれが詠んだかわからない、とされたが、背後には歌道《かどう》に思いを馳せた武人《ぶじん》の切実なエピソードがあった、というわけ。

余談はさらにくだらない言葉遊びに及んで、

「ほら、キセル乗車って、あるだろ」

「うん。途中の区間、ただ乗りするやつだろ」

語源は、キセルは両端だけ金属を使い、途中は竹細工など、金属を使ってないから。ずいぶんとヴィジュアルな隠語《いんご》である。そして、さらにこれを〝薩摩守〟とも言う。

「神田から立川へ行ったんだけど、途中は薩摩守をきめ込んでさあ」

「ひどいねえ」

薩摩守は忠度、つまり〝ただ乗り〟のしゃれである。歴然《れきぜん》たる犯罪ですぞ。やってはいけません。

話を小倉百人一首の歌に戻して、もう一つ、のっけから〝世の中〟を詠《えい》じているのが、第九十三番、鎌倉右大臣《かまくらのうだいじん》こと源 実朝《みなもとのさねとも》(一一九二〜一二一九年)の歌だ。

世の中は　常《つね》にもがもな　渚漕《なぎさこ》ぐ
あまの小舟《をぶね》の　綱手《つなで》かなしも

哲学的と言えば哲学的。解釈は結構むつかしい。初めの五・七で〝世の中は常であってほしいなあ〟と世情の不変を願っている。

そして、それに続く五・七・七では〝渚を漕いでいる漁師が綱で小舟《こぶね》を引いていくさまが悲しいなあ〟なのだ。この二つが、どうつながっているのか。

「普段は漕いでいるのに、今日は綱で引いている。仕事ぶりの変化を見て、世の中は変わらないでほしいなって、そう思ったんじゃないの」

「ふーん」

そういう解釈もできないではないが、いまいちピンと来ない。〝渚漕ぐ〟にそう深い意味があるとは思えない。小舟という言葉を引き出すための軽い形容句と見てよいのではないのか。その小舟を綱を用いてどう操作《そうさ》しているか、それもいちいち問うことではないのかもしれない。貧しい庶民が働いている日常的な風景、なにげない様子が遠景として歌人の目に見えた。それをながめるうちに、なにが、どう関連したということではなく、

――どうかこの世は大過《たいか》なくあってほしい――

と平穏《へいおん》無事を願う心が惹起《じゃっき》し、しかし、

――現実はそうじゃない――

だから悲しいのである。ちがうだろうか。

このなにげない日常風景と〝常にもがもな〟と思う心の断絶的《だんぜつてき》な連絡、これがこの歌の真骨頂《しんこっちょう》ではないのか。私の独断《どくだん》ではなく、そういう解釈が多い。

源実朝は、ご存じ、源頼朝《よりとも》の子にして第三代の鎌倉将軍だ。武人・政治家としてより歌人として優《すぐ》れ、歌風《かふう》はこの時代とは趣を少し変えて、力強く、万葉《まんよう》調を踏んでいる。個人和歌集の金槐《きんかい》集など評価は時代を超えて、すこぶる高い。現代でもファンは多い。

箱根路を　われ越えくれば　伊豆の海や
沖《おき》の小島に　波の寄る見ゆ

など、風景が如実《にょじつ》に、みごとな言葉で詠み込まれている。

実生活は、これもご存じ、政争に巻き込まれて鶴岡八幡宮《つるがおかはちまんぐう》で暗殺された。享年《きょうねん》二十七。〝常にもがもな〟という願いを満たす生涯ではなかった。この運命を知って歌を読み返すと、歌人は早くから庶民のつつがない生活に憧《あこが》れ、それがけっして叶《かな》わない世情《せじょう》であることに憂《うれ》いを抱《いだ》いていたのかもしれない。

日本人の哲学的思案の根底に仏教の影響があったのは当然のこと。出家《しゅっけ》の身であれば、詠む歌にもそれは顕著《けんちょ》に表われる。前大僧正慈円《さきのだいそうじょうじえん》(一一五五〜一二二五年)は第九十五番で、

おほけなく　うき世《よ》の民《たみ》に　おほふかな
わがたつ杣《そま》に　墨染《すみぞめ》の袖《そで》

と格調高く詠んでいる。

不肖《ふしょう》私は子どものころ、
「うちの先祖は坊さんだ」

と教えられ、

「坊さん？　武士のほうがよかったなあ」

「なに言ってる。坊さんが一番教養があったんだぞ」

「でも……」

血筋への不満がないでもなかった。

しかし、坊さんが平均的に教養の人であったのは本当だったろう。その中でも、この慈円は第一級の中の第一級。出自《しゅつじ》は権力を極めた藤原家の中枢《ちゅうすう》であったが、幼くして出家。比叡山《ひえいざん》に入り、やがて天台宗《てんだいしゅう》の座主《ざす》、大僧正となった。法界《ほっかい》の最高の実力者である。学問のほうも凡庸《ぼんよう》なレベルを超え、その著作『愚管抄《ぐかんしょう》』六巻は、歴史書として独特の史論を含む名著である。歌ももちろんうまかった。

〝おほけなく〟は、坊さんだから、

――お毛《お》なく、かな――

と初めは思ったが、もちろん×印。〝おほけなし〟は身分にふさわしくないこと。つまり、のっけから〝さしでがましいことですが〟と謙遜《けんそん》しているのだ。目茶苦茶《めちゃくちゃ》偉い人にこう言われると、むしろ厭味《いやみ》に聞こえてしまうこともあるが……まあ、まあ、まあ、ゆっくり先を考えましょう。

「〝杣〟って、なーに？」

「国字《こくじ》だろ。中国の字じゃなく、日本で作られた漢字。木へんに山だから、木を切り出す山のことだ」

「そこに立っているわけ、お坊さんが？〝わが立つ杣〟なんでしょ」

「そう。慈円さんが山に立っている。ここでは比叡山のことだね」

「それなら、そう言ってくれればわかりやすいのに」

「そこが歌よみのテクニックよ。比叡山で黒い衣《ころも》を着て、浮世《うきよ》の民を被《おお》っている、仏の教えで、広く、大きく浮世の民の安寧《あんねい》を願っている、そういうことだな」

「おおけなく被っているのね」

「そう。同じ音を重ねているのも歌のテクニックだな。浮世の民を広く救済するなんて、言うはやすく、おこなうは難《かた》し、そこで、初めに〝さしでがましいことですが〟って一応謙遜したわけよ。しかし、私はこのくらいの自覚で、ありがたい仏の教えを人々に広め、救済の被いをかけているんですって、むしろ自分は小さいが、仏は大きいと、全体としては宗教家の強い覚悟を歌っているんだな。志《こころざし》が高い。格調も高く、りっぱな歌って言われてる」

「ふーん」

仏の教えを究《きわ》め、学問にも精を出し、そのほかこの人の楽しみはと言えば、歌を詠むことくらい。歌は軟弱《なんじゃく》なたしなみであるから、

「僧侶《そうりょ》なのに花鳥風月《かちょうふうげつ》の道になんか夢中になって、いいのかね」

と、けちをつける人もいたらしい。それに対し慈円は歌で答えて、

みな人の　一つのくせは　あるぞとよ
われには許《ゆる》せ　敷島《しきしま》の道《みち》

とりわけ下の句が有名だ。〝敷島の道〟とは和歌のたしなみ。だれだって一つくらいくせがあるって言うだろ。私にも歌を詠むことくらい許してくれよ、である。パロディがあって、

みな人の　一つのくせは　あるぞとよ
われには許せ　色情《しきじょう》の道

これはかなり困るんだなあ。許せません。

「僧侶なのに花鳥風月の道に……」

と、けちをつけられるのも無理からぬところがあって、すでにこのエッセイでもし

ばしば見たように花鳥風月ならまだしも和歌は色恋《いろこい》の道とも関わりが深く、まさに〝僧侶なのに〟というケースも皆無《かいむ》ではない。たとえば道因法師《どういんほうし》(一〇九〇〜?年)の第八十二番は、

思ひわび　さても命《いのち》は　あるものを
憂《う》きに堪《た》へぬは　涙《なみだ》なりけり

千載集《せんざい》では恋の部に分類されており、したがってこの〝思ひ《い》わび〟は恋に思い煩《わずら》っているのだ。まことに、まことに〝僧侶なのに〟である。

それほど恋に苦しんでいるのに命のほうはずーっとあるものだから、毎日毎日嘆《なげ》きに堪えられないほどボロボロ、ボロボロ涙がこぼれることよ、と、めめしい。命のほうは堪えているのに涙のほうは堪えられない、という事情である。

〝思ひわび〟を、この世の不条理について嘆いているのだと考えれば、

——大げさな——

とは思うけれど、これならば少し哲学的である。

しかし現実はやっぱり恋の歌らしく、

「坊さんだって恋心くらい抱くだろ」

「まあね」

情状酌量《じょうじょうしゃくりょう》の余地もなしとはしないが、虫のいどころでは、

「早く悟《さと》りの境地《きょうち》に達しなさい」

と言いたくもなる。

この人、没年《ぼつねん》は不詳《ふしょう》だが、長生きをしたことは確からしく、九十余歳まで、〝さても命〟だけはあり続けたらしい。

恋の気配を漂《ただよ》わせながらも武士として、また出家の身として凜々《りり》しく生きたのが西行法師《さいぎょうほうし》（一一一八〜一一九〇年）で、この人には名歌がたくさんあるのに、なぜか小倉百人一首はつまらない歌を選んだ、というのが定説。それは第八十六番にあって、

嘆《なげ》けとて　月やは物を　思はする
かこち顔《がほ》なる　わが涙かな

とくにひどいとは思わないが、まあ、凡庸ですね。花丸印はつけにくい。理屈がからまわりしているみたい。

「かこち顔《がお》って、なーに？」

「ほかのもののせいだって責任転嫁《てんか》しているような顔つきだろ」

「よくわかんない」

「お月さんが〝嘆けよ〟と言って私にもの思いをさせているのだろうか。いや、そうじゃない。まるでそうだとばかりに私は涙を流しているけれど……。そういう意味よ、この歌は」

「本当はお月さんのせいじゃないのね」

「そう。まるでそうみたいだけど、ちがう、ちがうって……」

「なんのせいなの？」

「やっぱり自分のせいだろ。世の中がわるいのかもしれないけど、それを言っても仕方ないよな」

「へんなの」

西行は俗名《ぞくみょう》を佐藤義清《さとうのりきよ》、若いときは北面《ほくめん》の武士、すなわち御所《ごしょ》を守るエリート、鳥羽上皇《とばじょうこう》に仕え、文武に秀でた颯爽《さっそう》たる美丈夫《びじょうふ》であった。やんごとない女性と恋をして、一度は思いが叶ったものの女性がスキャンダルを恐れて「もうやめましょ」「わかりました」。これが原因で出家した、と下世話《げせわ》には伝えられているが、真相はもっと深いところでしょうね。早くから仏道に親しみ、人生への諦観《ていかん》を抱いていたからだろう。二十三歳の出家であった。それからは諸国を旅して苦行《くぎょう》修行を重ねた。歌人としての力量は折り紙つきである。

　たったいま述べた、やんごとない女性とは待賢門院璋子《たいけんもんいんのしょうし》、鳥羽上皇の中宮《ちゅうぐう》だという噂《うわさ》もあり、

「自分が仕えている上皇の奥さんにチョッカイを出したとなると……」

「ばれたら大変よね」

　この噂はともかく、義清はよくもてた青年ではあったらしい。もて過ぎると、この世がむなしくなるのかもしれない。桜が大好きで、

ねがはくは　花のしたにて　春死なむ
そのきさらぎの望月《もちづき》のころ

春二月、満月の桜の下で死にたい、と願って、その通りの頃に死んでいる。百人一首に採られた歌について、もうひとこと言えば、これは千載集にあって、恋の歌に分類されている。やんごとない女性と別れ、それが出家の理由と噂されていたとすれば、寂しい月影に世の無情を覚えて涙を流しても、

　――はたから見れば失恋のせいって思うだろうな――

　そういう自分の〝かこち顔〟を嘆いて歌ったのかもしれない。人は自分についての

噂を厭《いと》いながらも、ついついそれにそうよう演じてしまうことがある。とりわけ恋愛に関わる噂では、決してないことではない。西行もそうだったのかな。微妙な心理を歌っているのかもしれない。

西行との関わりが噂されたやんごとない女性に仕えた女房に待賢門院堀河《ほりかわ》（生没年不詳）と主人の名を冠《かん》して呼ばれる女房がいて、この人はすこぶるつきの歌上手《じょうず》、西行とも親しかった。その歌が第八十番にあって、哲学的と言うより、まさにこの時代の女性たちの心理を歌って情緒的《じょうちょてき》だが、ことのついでにここに示しておこう。

長からむ　心も知らず　黒髪《くろかみ》の
乱れて今朝《けさ》は　物《もの》をこそ思へ

男と別れた朝の心情だろうか、それともつね日ごろの気持ちを、フィクションを交《まじ》えて創《つく》っているのだろうか。〝あなたの愛は長く続くのでしょうか。お心を知ることができません。ただ私の長い黒髪が乱れて、今朝はことさらにあれこれと思案をめぐらしてしまいます〟くらいの意味である。髪の乱れが心の乱れに呼応《こおう》し、長い髪が男の思いが長く続くことへの願いを訴えて趣が深い。

お坊さんのあとに黒髪が出てきたせいかどうか、あらためてカルタ遊びの一つ、坊《ぼう》主《ず》めくりの構造について調べてみた。いえ、いえ、それほどむつかしいことではなく、お坊さんの札《ふだ》が百枚の中に何枚あるのか、お姫《ひめ》さま（実際には身分・年齢に関わりなく女性一般）の札が何枚あるのか。坊主めくりはたあいないゲームだから、こんな大切なこともよくわからない。なおざりにされているようだ。

調査はいたって簡単。結果を発表すれば、

お姫さま　二十一枚

お坊さん　十三枚

それ以外、いわゆる殿と呼ばれる札が六十六枚ということになる。なんとなく、

「また坊主か！」

と落胆《らくたん》するケースが心に残り、お坊さんはもっと多いのかと思っていたけれど、意外に少ない。救済の札、お姫さまのほうがずっと多いのだ。

――五枚開いて、一枚はお姫さまくらいの確率なのか――

ついでに歌人が坐《すわ》っている畳《たたみ》の台に五色の模様がほどこしてあるものがあって、これは天皇、上皇、親王《しんのう》など、やんごとない筋《すじ》の方々。これは都合五人である。尼《あま》さんはなく、お坊さんはみんな男だから、男性が七十九と圧倒的に多数である。出家した女性もいたけれど、これは若いころの姿が採用されている、という事情である。その

ほうが楽しい。

ふたたびお坊さんに戻って、

わが庵《いほ》は　都のたつみ　しかぞすむ
世をうぢ山《やま》と　人はいふなり

第八番・喜《き》撰法師《せんほうし》（生没年不詳）が詠じている。六歌仙《かせん》の一人だが、生涯はつまびらかではない。

歌の意味は、私は都の辰巳《たつみ》（東南）に庵《いおり》をかまえて、しっかりと元気に住んでいる。人々が宇治《うじ》山と呼んでいるところだ、と近況報告みたい。〝しかぞすむ〟が、しっかり住んでいることと鹿《しか》が住むこととを掛《か》けている。〝うぢ山《じ》〟は〝憂《う》し〟という心に掛けている。掛詞《かけことば》のおもしろさを賞味《しょうみ》すべき歌だろう。

ただし、下《しも》の句の解釈は微妙である。この世の中が〝憂し〟（つらい）と人は言ってるけれど、

「私は鹿といっしょにしっかり生きているよ」

と、坊さんは意気軒昂《けんこう》なのか、あるいは、

「皆さんが言う通り、この世は憂いものじゃのう。私は世を捨てて生きているけど」

くすんだ心情なのか、楽観論と悲観論と二つの解釈がある。文学的な是非はともかく、万事不都合の多い今日このごろ、憂《うれ》いになんか負けないほうがよろしいようで……。


次もまた僧職で、第十二番・僧正遍昭《そうじょうへんじょう》（八一六〜八九〇年）の歌ならば、

天《あま》つ風《かぜ》　雲のかよひ路《ぢ》　吹《ふ》きとぢよ
乙女《をとめ》の姿《すがた》　しばしとどめむ

古今集から採っていて、そえ書には五節《ごせち》という宮中の祝いの席で舞い姫を見て詠んだ、とある。若くて、天女《てんにょ》のように美しい。天女ならば雲の中の通路を通って帰っていくだろう。ならば天の風よ、吹き寄せて来て、その帰り道を閉じてくれ、乙女《おとめ》のままの姿をしばらく留《とど》めておきたいから。

お坊さんたちの女性への思いを詠じた歌はたくさんあるけれど、この歌くらいなら客観的にながめているから、充分に許せる。

と思っていたら、なんぞ知らん、これは出家する前に詠んだものだったとか。なら

ばもっとなまぐさくても許されますね。若いんだから。

作者は六歌仙の一人。なかなかの美男子で、優雅《ゆうが》に生きていたらしいが、天皇の崩御《ほうぎょ》を悲しんで出家した。いくらか未練《みれん》があったのか、それともユーモアをこめてであったのか、剃髪《ていはつ》のときに、

たらちめは　かかれとてしも　むばたまの
　わが黒髪を　なでずやありけむ

お母さんは、こんなふうになれと思って私の黒髪をなでなかっただろうに、である。男だって黒髪には未練がある。確かに、母親は息子がつるつる頭になることを願ってなでてはいなかったろう。

〝天つ風〟の歌に戻って……いにしえの日本国を離れて今日このごろ、ふと思うのだが、欧米人の少女は本当に美しい。肌《はだ》は薔薇《ばら》色に張りつめ、肢体《したい》はスンナリと細く、まことに天使みたい。

それが、まあ、何年かたつと、どうしてあれほどの変化が起きてしまうのか。

あまいもの　脂肪《しぼう》・蛋白《たんぱく》　さしとめよ
　乙女の姿　ずっととどめむ

こう願うのは私だけではあるまい。信じられないほど肥《ふと》ってしまって……。七つの大罪《たいざい》の中に暴食《ぼうしょく》の罪《つみ》があり、昔は、

「ものを食《く》うくらい、そんなに咎《とが》めなくたって、いいじゃん」

と思ったけれど、海外旅行の道すがら、バイキングのテーブルで肉料理、卵料理に魚料理、ハム、ベーコン、ソーセージにも抜かりなく、パンも五、六個、バターたっぷり、チーズ厚切り、ケーキ、果物、アイスクリーム、欧米女性の鬼のごとき暴食を見ると、

——世界には飢《う》えてる人も多いのに——

根源的《こんげんてき》な大罪を感じてしまう。ちがいますか。

第八話　こころの旅路

ベトナム観光の道すがら古都フエを訪ねたことがあった。ここらあたりの歴史はややこしい。古くから東シナ海の要路《ようろ》としておおいに栄えた町だが、そのぶんだけ周辺の強国から狙《ねら》われやすい。とりわけ中国からの影響は大きかっただろう。近いところではベトナム最後の王朝グエンの首都があったところ。フォン川ぞいの旧街地を行くと、りっぱな王宮が残っていて往時《おうじ》の繁栄がまのあたりに浮かんでくる。近くのみやげもの店をのぞけば観光客に国王と王妃の衣裳《いしょう》を着せてくれる一画があり、冠《かんむり》までつけて記念写真をパチリ。

「いろんな国があって、いろんな英雄がいたんだろうな」

「ええ。安倍仲麿《あべのなかまろ》さんも来てるんでしょ、ここに」

「えっ。あれは中国だろ。唐《とう》だろ」

「ここにも来てるのよ、むかし習ったわ」

「ふーん」

このときの会話を思い出し、あらためて確かめてみると、あるいは本当かも。

安倍仲麿（七〇一～七七〇年。阿倍仲麻呂とも）は七一七年に遣唐《けんとう》留学生として唐へ渡り、勉学にいそしみ、玄宗皇帝《げんそうこうてい》などに仕《つか》えておおいに功績を示した。日本人留学生は時代を超えて（今日に到るまで）常に優秀と評判が高いが、仲麿はその中でも傑出《けっしゅつ》した一人だったろう。

「玄宗に仕えたんだから楊貴妃《ようきひ》に会ってるかしら？」

「そういうとこに顔なんか出さないんじゃないの。書生《しょせい》が旦那《だんな》の奥さんを見かけるのと、わけがちがうさ」

「残念ね」

残念かどうかはともかく時代的には楊貴妃と同じころ仲麿は唐の都・長安《ちょうあん》にいただろう。

仲麿が詩人の李白《りはく》や王維《おうい》と親交があったのは本当のこと。朝衡《ちょうこう》と中国風に改名し重用《ちょうよう》されたが、七五三年に帰国を決意。明州《みんしゅう》、すなわち今日の寧波《ニンポー》からの出航を企《くわだ》て、このとき詠《よ》んだのが、百人一首の第七番、

天《あま》の原《はら》　ふりさけ見れば　春日《かすが》なる
三笠《みかさ》の山に　出《い》でし月かも

である。送別会の席で折《おり》からの明月が輝くのを見て詠んだ、と言われるが、そこまではわからない。

が、船は難破《なんぱ》して安南《アンナン》、すなわち現在のベトナムへ漂着《ひょうちゃく》。そこがフエのあたりだったのかもしれない。なにかしら伝承が残っているのだろうか。仲麿はこののち長安へ戻り、そこで高位について没《ぼっ》している。

明州で詠んだ歌の意味は、やさしい。はるか大空に望み見る月は故郷の三笠山にかかった懐かしい月なんだよなあ、と、懐郷《かいきょう》の思いを訴えたもの……。

ただし歴史的事情を考えてみると、仲麿はこのとき、

——いよいよ、日本へ帰れるぞ——

いくら唐土《もろこし》で優遇《ゆうぐう》されていても故国《ここく》へは帰りたい。故郷に錦《にしき》を飾る、という立場だったから胸は弾《はず》んでいる。もしそうならば、明るい希望の中で詠《えい》じた歌となる。結局、日本へは帰ることができず、異国で生涯を閉じたという事情を重ねると、ひどく悲しい歌にもなりかねないが、悲観的に解釈してよいものかどうか。

「そこが、それ、優れた詩人の先見性よ」

「どういうこと?」

「仲麿は自分の運命をうすうす感じていたのかもな」

確かに……。歌の調子はどこかもの悲しい。希望に満ちているとはとらえにくい。だからこの歌は帰国のときではなく、もっとほかのときに望郷《ぼうきょう》の思いを歌ったのかもしれない。きっとそう。十六歳で故国を離れ、異国で没した仲麿の生涯は、全体としてはこの歌にふさわしい。それが遣唐使《けんとうし》の歴史とともに後世の人口《じんこう》に膾炙《かいしゃ》した理由ではあるまいか。

小倉百人一首の中で、外《と》つ国《くに》で詠まれた歌は仲麿の一首だけ。昨今は、

「連休、どうするの？」

「うん。ハワイへちょっと」

外国旅行も珍しくはないが、遠い時代にあっては、よくよくのことがなければ日本を離れて旅することなどなかった。エリートが重い使命を帯《お》びて決死の覚悟で旅立つか、船で遭難《そうなん》して流れつくか、戦争でやむなく異国の土を踏むか、のどかな旅はありえなかった。

国内ですら、そう気やすく旅行ができたわけではない。でも、やっぱり、

――行ってみたいなあ――

旅への憧《あこが》れは……それが簡単に果たせないことであればこそ、逆に心を誘《さそ》うものとなる。歌枕《うたまくら》などと言って文学に繁《しげ》く登場する名所もあって、こういうところは歌人自

身が訪ねたことがあっても、なくっても、歌の中に現れて、まことしやかに詠じられている。

田子《たご》の浦《うら》に　うち出《い》でてみれば　白妙《しろたへ》の
富士のたかねに　雪は降りつつ

第四番、山部赤人《やまべのあかひと》（生没年不詳）の歌である。略歴のよくわからない人だが、奈良時代の人、いわゆる万葉歌人《まんようかじん》の一人であり、この人が天皇に仕える役人として諸国を実際に旅したことは確か。田子の浦は静岡県の駿河湾《するがわん》の海岸。この歌の場合は歌人が実際にながめた風景を詠んだものと考えてよい。
新古今集《しんこきんしゅう》から採《と》っているが、もとはと言えば万葉集の巻三にあって、そこでは、

田子の浦ゆ　うち出でて見れば　真白《ましろ》にぞ
富士の高嶺に　雪は降りける

となっている。古今集や新古今集などの勅撰和歌集《ちょくせんわかしゅう》に万葉集の歌が（文言を少し変えて）採用されているケースはいくつかあって、小倉百人一首もまたこれを数首選ん

でいる。

元歌《もとうた》と百人一首の歌とを比較してみると、まず〝田子の浦に〟と〝田子の浦ゆ〟とのちがいに気づく。

「〝ゆ〟って、なーに？　どういう意味なの」

「どこどこを〝通って〟って意味だ。田子の浦を通ってヒョイと見あげたら、って、そういう感じだろ。作者の驚きが表現されている。ただの〝に〟よりいい」

「ふーん」

次に〝白妙《しろたえ》の〟と〝真白にぞ〟のちがい。

「まっ白のほうが素朴《そぼく》でいいわね」

「そう。〝白妙の〟は富士にかかる枕詞《まくらことば》なんだろうけど、技巧的で、日光《にっこう》の一つ手前」

「なによ、それ」

「日光駅の一つ手前は今市《いまいち》だ。いまいちってこと」

「馬鹿みたい」

駄《だ》じゃれはともかく最後は〝降りつつ〟と〝降りける〟のちがい。

「〝降りつつ〟って目の前で降っているとき、でしょ？　現在進行形よね」

「まあ、そうだ」

「富士山の高いところで今、降ってるかどうか、田子の浦からじゃわからないのとちがうかしら」

「その通り。〝降りける〟なら〝降った〟というただの過去形だから、昨日降って、だから今まっ白だ、と理屈が通っている」

「〝降りつつ〟なんて恰好《かっこう》つけてみたけど、嘘《うそ》なのね」

「歌は嘘を詠むときもあるから、いちがいにそれがわるいとは言えないけど、とにかくこの二つの歌の場合は、万葉集の形のほうが断然よく、新古今集バージョンはよくない、これが定説になっている」

「だれが変えたの？」

「わからん。ただ古今集以降は歌が技巧的になって万葉集の力強さがやぼったく感じられたんだよな。それで、だれかが部分修正をやったんだけど、浅知恵《あさぢえ》だったってことじゃないのか」

「そうみたい」

「でもサ、〝田子の浦ゆ〟の〝ゆ〟はわかりにくいけど、今の万葉集の歌、ほとんどわかるよな」

「ええ？」

「〝田子の浦ゆうち出でて見れば真白にぞ富士の高嶺に雪は降りける〟、小学生でもだいたいわかる」

「ええ」

「千年以上も昔の言葉なんだぜ。世界にこんな言語は珍《めずら》しい。英語はもちろんのことフランス語も、イタリア語も、ドイツ語も千年前にはありゃしない。中国語はあったけど、今と相当にちがう。それなりの文明を発達させた国で、こういう言葉を持つ国はほかにない。日本人はそのくらいずーっと昔から同じ言葉を使ってきたんだ」

「へーえ。古文てむつかしいけど、同じとこもたくさんあるもんね」

「千数百年だぜ。古けりゃいいって、いちがいには言えないけど、日本語はそれだけ豊かで、多彩《たさい》で、奥行《おくゆ》きが深い。すごいね、これは」

「ふーん。そうなんだ」

本当のことです。日本語のすばらしさをよく認識しましょうね。

次は第十四番、河原左大臣《かわらのさだいじん》こと源　融《みなもとのとおる》（八二二〜八九五年）の歌。

陸奥《みちのく》の　しのぶもぢずり　誰《たれ》ゆゑに
乱れそめにし　我《われ》ならなくに

源融は嵯峨《さが》天皇の子であったが、家臣《かしん》に下《くだ》って源の姓《せい》を帯びた。贅沢三昧《ぜいたくざんまい》の生活を送った人で、その邸宅《ていたく》は陸奥《むつ》(宮城県)の塩竈《しおがま》の景勝地《けいしょうち》を模《も》して造られ、河原院《かわらのいん》と呼ばれて人々の羨望《せんぼう》を集めたとか。東北地方に対して独特の思い入れがあったのだろう。

この歌も陸奥の〝しのぶ〟(信夫《しのぶ》)の〝もぢずり〟を引きあいに出している。信夫は現在の福島市の一画。もじ摺《ず》りは、その土地で産する〝もじれた〟模様の染めもの。

「もじれたって、なによ?」

「ねじること、らしい。布《ぬの》をねじって染めて乱れた模様にするんじゃないのか」

「変なの」

「しぼり染めみたいなものだろ」

くわしくはわからないが、よくよく乱れた模様にちがいない。歌の大意は、そのもじ摺りのように、私の心は我を失うほど乱れ始めてしまったが、それはだれのせい? あなたのせいですよ、くらいだろう。〝しのぶ〟という言葉に、人知れず思う〝しのぶ恋〟のイメージがほのめかされている。

因《ちな》みに言えば、源融の死後、河原院は荒れに荒れ果て、第四話で述べた恵慶法師《えぎょうほうし》の歌(第四十七番)

八重《やへ》むぐら　しげれる宿《やど》の　さびしきに
人こそ見えね　秋は来《き》にけり

これは、この屋敷跡の寂《さび》しさを法師自身の境遇と重ねて詠んだものだ、とか。確かに……。廃墟《はいきょ》の悲しさは、かつての栄耀栄華《えいようえいが》があっただけに、ただの自然の荒蕪《こうぶ》より心をしめつけるものがあっただろう。

都の周辺ならば、往時の貴人《きじん》たちも歌枕として知るばかりではなく、

――行ってみるかな――

実際に訪ねて知識をえているケースも多かったろう。

伊勢大輔《いせのたいふ》（生没年不詳）は中宮・彰子《しょうし》に仕えた女房《にょうぼう》で、歌は滅法《めっぽう》うまかった。第六十一番で、

いにしへの　奈良の都の　八重桜《やへざくら》
けふ九重《ここのへ》に　にほひぬるかな

と歌っている。これは奈良から宮中《きゅうちゅう》に八重桜《やえざくら》が届けられたとき、「詠め」と命じられて創《つく》ったものだとか。古くから奈良の都に咲いていた八重桜が、今日、九重《ここのえ》に、つまり宮中に送られてきて典雅《てんが》な香りを放っている、とってもすてき、という意味だろ

う。

——この人、奈良の都の八重桜を実際に見ているかなあ——

やぼな疑問である。中宮の女房という立場は奈良の都を訪ねることができたかどうか。個人的事情もあるだろうし、イエスか、ノウか、どちらとも言えない。いずれにせよ、長い歴史を持った奈良の美しい桜が、今ここにある、眼前の美しさと伝統への憧憬《しょうけい》とが巧《たく》みに詠み込まれ、八重桜と九重との連続も厭味《いやみ》のない技巧である。全体の調子もおみごと。奈良の都に関わる一首として快《こころよ》い。

さて、そのあとで、思いっきり話は急降下してしまうのだが、思わず知らず体内から体外へ〝ブッ〟と飛び出すもの、あの〝限りなく透明に近いイエロー〟を、なんで〝おなら〟と称するか。もちろん〝鳴る〟という言葉に由来《ゆらい》するという説が有力だが、それとはべつにもう一つ、この伊勢大輔の名歌から暗示された、という説もある。〝にほひ《おい》ぬるかな〟……そう、匂《にお》ったのは奈良の桜なのだ。そこで奈良に敬意《けいい》の〝お〟をつけて……信じようと信じまいと一応は巷間《こうかん》に伝えられている俗説《ぞくせつ》だ。詳細をもって知られる〈日本国語大辞典〉にも書いてある。まさかのときは、この歌を思い起こして嫌悪《けんお》を慰《なぐさ》めていただきたい。

無理かなあ。

日本国の成立を伝える古事記《こじき》によれば（日本書紀にも類似の記述があるが）イザナギ、イザナミの男女二神がまぐわって生んだ子どもは……なぜか初めのうちは島々で、それは淡路島《あわじしま》、四国、隠岐《おき》、九州、壱岐《いき》、対馬《つしま》、佐渡《さど》、そして本州の八つ。それゆえにこの国を大八島《おおやしま》と呼ぶのだが、

——これが古代の人々が考えた日本国なんだ——

と、この推測は充分に許されるだろう。

どこを拠点として八つの島を考えたかは、

——やっぱり近畿《きんき》地方でしょうね——

大和《やまと》の国あたりが歴史も古く、この地理学にふさわしい。そこからながめて、

——この国の全貌《ぜんぼう》はいかなるものか——

神話の作者が偉い人の考えを案じて綴《つづ》ったにちがいあるまい。まず淡路島。逆に言えば、この島を第一にあげていること自体が、思案の拠点が大和あたりだったろうと思う所以《ゆえん》である。大和地方から海へくり出せば、厭でも淡路島が見えてくる。

「あのむこうに四国があるぞ」

と次に四国を言い、ついで隠岐をあげているのは朝鮮半島からの文化の伝来が顕著《けんちょ》であった証《あかし》だろう。それならば九州も忘れてはなるまいし、その九州の向こうには壱岐がある、対馬がある。これも大陸との交流の要所であり、その存在を知る人も多か

ったろう。古代人の目は、やたら広くて、向こうになにがあるかわからない太平洋より、大陸に接する日本海へ向いていた。日本海を北上して、

――やっぱり佐渡は気になるよなあ――

この島の知識も早くから人々に伝えられていたにちがいない。

そして、ここまで考えたところで、

――そう、そう、ここ、ここ。本州を忘れちゃいけないよ――

一番大切なものを最後につけ加えて大八島とした、そんな思考のプロセスを想像してしまった。

映画で有名な、柴又《しばまた》の寅次郎《とらじろう》さんも叩《たた》き売りのときには、

「物の始まりが一ならば国の始まりが大和の国、島の始まりが淡路島」

と口上《こうじょう》を述べている。

つまり淡路島は遠い時代の人々にとってとても近しい、気がかりの島だった、ということ。よってもって（前置きがずいぶん長くなってしまったが）、源 兼昌《みなもとのかねまさ》（生没年不詳）は第七十八番で、

淡路島《あはぢしま》　かよふ千鳥《ちどり》の　鳴く声に
幾夜寝覚《いくよねざ》めぬ　須磨《すま》の関守《せきもり》

と詠んでいる。金葉集《きんよう》から採った一首で、関路《せきじ》千鳥、つまり須磨の関を飛び通う千鳥に因んで創った、とある。

関守の仕事は厳しい。都を離れて寂しい。悲しく鳴いて飛ぶ千鳥の声に関守はいく夜眠りをさまされることだろう。眠られない夜はどんなにわびしいことだろう、と、そんな同情が潜《ひそ》んでいる。

くどいようだが、この人、源兼昌さんは須磨まで足を運んでいませんね。行っているかもしれないけど、関守の仕事ぶりについてつぶさに見聞《けんぶん》しているとは思えない。そんな気がします。

そんな体験の有無より須磨は風光明媚《ふうこうめいび》で知られる歌枕だし、淡路島《あわじしま》は〝あわじ島〟とて恋人同士がなかなか会えないことを暗示している。通っても通っても悲しく泣くばかり、風景描写がそのまま切ない恋の心情と響きあうところがみそ。そういう歌と見るべきでしょうね。関守という言葉も恋を遮《さえぎ》る人を思わせるし……言葉のイメージを膨《ふく》らませて創った一首という感じが強く、

――実際の淡路島なんか知らなくたっていいじゃん――

知らないほうがかえって創造をしやすいこともある。体験から歌ったものではなく、イメージ優先の歌と判じてみた次第である。

淡路島という地名を聞いて"会わない"というイメージを浮かべるのと同様に、

みかの原 わきて流るる いづみ川
いつ見きとてか 恋しかるらむ

第二十七番、中納言兼輔こと藤原兼輔（八七七〜九三三年）の歌では、瓶原は京都加茂町のあたり、すぐ南が奈良県の山陵地帯だから水が湧き、野を分けて流れて、これが泉川、今の木津川の上流である。歌人はこの流れに……というよりこの地名に思いを馳せ、"いづみ川"に掛けて"いつ見きとてか"を引き出したというわけ。そのうえで、あなたをいつ見たのかわからないけれど、どうしてこんなに恋しいのだろうか。

うーん。そう言われても困ってしまう。いつ会ったのかわからないのに、目茶苦茶恋している、なんて、尋常ではない。

「隣町の花子さん、きれいな人だよ。絶対にあんた好みだよ」
「へえー、本当に」
噂を聞いただけで、なんだか気がかりで、好きになってしまう心理はないでもない内《うち》が、焦《こ》がれるほどの思いは珍しい。あっ、そう言えば、いささか旧聞《きゅうぶん》に属するが、山田洋《やまだひろし》とクールファイブの歌に〈逢《あ》わずに愛して〉があって、せつない恋を歌っているけれど、よくよく歌詞を読んでみると、たとえば現在住むところがちがうとか、邪《じゃ》魔立《まだ》てが激しいとか事情があってこのところしばらくは会っていないけれど、以前は会っていたのである。よく会って肉体関係もあったらしいのに今は〝逢わずに愛して〟いるのであり、これは珍しくもなんともない。

兼輔の歌は、このあたり、どういう心理と考えたらよいのだろうか。昔のことだから男女がそう簡単に顔を合わせるわけではない。男はチラリくらい女を見ているのかな。ただ女のほうはそれと気づかないほどの出会いかも。いつ、なんどきに見たと言えるほどのものではない。なのに、こんなに恋しいのだ、会ってください、と訴えている……と、そのくらいの解釈が妥当《だとう》であるらしい。まことに、まことに水が流れるようにきれいに詠まれている一首で、新古今集から採っているのだが、往時の技巧をみごとに表出している。歌人が本当に泉川のほとりに立って詠んだかどうか、云々《うんぬん》するほどのことではあるまい。

のっけから〝話に聞いたことだけど〟と宣言しているケースもあって、

音《おと》に聞く　高師《たかし》の浜《はま》の　あだ波は
かけじや袖《そで》の　ぬれもこそすれ

第七十二番、詠んだのは祐子内親王家紀伊《ゆうしないしんのうけのきい》（生没年不詳）で、内親王に仕えた女房である。高師の浜は大阪府高石市《たかいしし》の浜。堺《さかい》市の南にあって、昔は波が高く、それも急に立ち騒ぐ厄介《やっかい》なあだ波が立つ、と言われていた。評判の歌枕であり、歌人はそれを利用した、という事情である。そんなあだ波をうっかり袖にかけたりはしませんよ、濡《ぬ》れてしまいますからね、アカンベェー、と、まあ、アカンベェーは品が悪いけれど、そんな気分だろう。

実は、この歌、艶書歌合《えんしょうたあ》わせで返歌として詠まれたもの。男女がラブレターもどきの歌をやりとりして楽しむという座興《ざきょう》であり、藤原俊忠《としただ》（俊成《しゅんぜい》の父、定家《ていか》の祖父）なるおっさんが、

人しれぬ　思ひありその　浦かぜに
波のよるこそ　いはまほしけれ

海風が吹いて波が寄せてくるように人知れない恋の思いをあなたに言いたい（告白

したい）ものですね、くらいの意味。チョロリと粉をかけているのだ。それに対して紀伊が、浮わついたあだ波になんか袖を濡らしたくありませんよ、と軽くいなした、というゲームだろう。軽いジャブの応酬《おうしゅう》、恋の歌として深く考えるほどのものではあるまい。

次もまたのっけから言葉遊びを匂わしている歌を引こう。第二十五番、三条《さんじょう》右大臣《うだいじん》こと藤原定方《さだかた》（八七三〜九三二年）は、

名にし負《お》はば　逢坂山《あふさかやま》の　さねかづら
人に知られで　くるよしもがな

と歌っている。逢坂山《おうさかやま》は京都と滋賀県の境にある山、〝さねかづら〟はそのあたりに産するつる草で、それをたぐって近づくイメージを含んでいる。逢坂山は今でこそ〝おうさかやま〟とルビをつけるが、古くは〝あふさかやま〟である。〝逢う〟と関わりがある。だから、逢坂山よ、そういう名前を持っているうえに、名産のさねかづらは人を引き寄せると言うではないか。ならば人に知られずにそのつるで引かれるように逢いに来る方便《ほうべん》がないものですかな、と問いかけているのである。掛詞《かけことば》を賞味する

歌と言ってよいだろう。

この歌は後撰集《ごせん》にあって、そえ書には〝女のもとにつかはしける〟とある。男が女に送ったのだ。当時の習慣としては、男が女のところへ通って行くのである。女に対して、

「人に知られないで来る方便がないものかな」

と呟《つぶや》くのはヘンテコだ。むしろ〝人に知られで行くよしもがな〟のほうが納得がいく。

「男が女になったつもりで詠むってこと、あったんじゃない」

「それはあったけど、それならばわざわざそえ書に〝女のもとにつかはしける〟と書くのは、へんだよ」

「そうねえ」

習慣は習慣として、男のほうが、

――彼女がなんとかして訪ねて来てくれればいいんだがなあ――

と切実に願う事情も時にはあったのかもしれない。とりあえずそう解釈しておこう。

逢坂山には逢坂の関《せき》があり、そのことは第一話の清少納言《せいしょうなごん》の歌（第六十二番）のところで触れておいたが、ここは交通の要所であり（今は東海道本線が通り逢坂山トン

ネルがある）著名な歌枕でもあった。第十番で蟬丸《せみまる》（生没年不詳）が詠んでいるのは、

これやこの　行《ゆ》くも帰《かへ》るも　別《わか》れては
知るも知らぬも　あふ坂《さか》の関《せき》

と調子がよろしい。これも後撰集から採った歌で、そえ書には、逢坂の関の近くに庵室《あんしつ》を造って住み、行きかう人々を見て詠んだ、とある。

〝これやこの〟は〝これは、まあ、なんていうことか〟と感嘆《かんたん》しているのである。行く人もいれば帰る人もいる。逢坂の関と言いながら逢っても別れてしまう。知り人なのか、知らない人なのか、これが人の世の姿なのだろう、と解して、当たらずとも遠からず。

蟬丸は素性《すじょう》のよくわからない人で、高貴な生まれながら盲目《もうもく》のため捨てられたとか。拾われて僧職についたのかもしれない。琵琶《びわ》をよくし、またそれに合わせて謡《うた》う声が蟬の鳴く声に似ているために、この名で呼ばれたとか。

「目が見えなかったの？」

「そういう伝承もある」

「なのに、どうして逢坂の関を行き来する人を〝見て〟詠んだの？」

「それは屁理屈《へりくつ》だよ。目の不自由な人に失礼かもしれんよ。見えなくたって、そのくらいは見える。ボーッとながめている人よりよく見えるかもしれない」

「心の目？」

「まあ、そうだ。この歌は交通事情を歌っているわけじゃないんだ」

「あ、そうなの」

「もっと深い。この世の中全体を見すえているんだな。人間はみんなこの世の旅人《たびびと》であり、会って、別れて、死んでいく。その縮図が逢坂の関だ、って、そういう感覚だろ。目を閉じているほうが、この世の真相がかえってよく見えるかもしれない」

「すごい歌なのね」

会者定離《えしゃじょうり》、この世は無常《むじょう》で、会う者は必ず別れる、という仏教の理念を、ちょっとしゃれて軽《かろ》やかに歌っている、と読むべきだろう。第七話の〈哲学を歌う〉に含めるほうがふさわしい歌かもしれない。

第九話　せつない恋

若いころの話である。

仲間うちにたいへんなプレイボーイ氏がいて、MMKじるし、つまり、その、もてて、もてて、困る、のである。

「女に不自由したことがない」

と豪語《ごうご》していた。が、周辺では、

「本当かなあ」

「当人が言ってるだけだよ」

「たいしたこと、ないのとちがうか」

MMKじるしはあまり信じられていなかった。

私は、ある夜、このプレイボーイ氏に誘《さそ》われてアフターファイブをたっぷりと過ごした。

まず女性のマンションへ行った。女性はビールのつまみを作って待っていた。

――この二人、できてるな――

すぐにわかった。

マンションを出て盛《さか》り場《ば》の小さなバーへ行くと、

「いらっしゃいませ」

ママがうれしそうにプレイボーイ氏を迎える。ほかに客がいないせいもあってママは彼に寄りそい、なにかと体に触《ふ》れ、

――この二人もできている――

私は確信を持った。

最後は小さなおにぎり屋さんだった。女性が一人で切り盛《も》りしている。

「今夜来て」

「ああ、多分」

この女性とも彼はできているだろう。

途中から気づいたことだが、プレイボーイ氏は自分のMMKがけっして嘘《うそ》でないことを示そうとしたのだろう。私が証人に選ばれたのは、私こと人間が甘《あま》めにできているから……。彼は、

――こいつに見せつけておけば、ほどがいいだろうな――

と考えたにちがいない。私はこの種のことについてディテールはしゃべらないし、

ＭＭＫを悪く言ったりはしない。仲間うちにほんの少しほのめかすくらい。秘めごとをリークさせるには私はほどよいカモだったろう。

そして、この夜の私の結論……。彼のＭＭＫは嘘ではなかった。よくもてていた。

しかし、私としては、

――もててたのは本当だけど、正直なところ、どの女性も私は、べつに、だったな――

あまりチャーミングではなかった。もてたいとは思わなかった。そこで、あらためて、

――ああ、そういうことか――

と、この世の真理を覚《さと》った。

この夜の本当の結論である。話をわかりやすくするために、かりに自分を女性関係において七十点くらいと評価しておこう。これが九十点、八十点の女性と親しくなろうとすると、なかなかむつかしい。二人も三人もというわけにはいかない。逆に五十点、六十点が相手なら複数でもスムースに運ぶことが多い。

人間の価値を点数で決定するのは乱暴だが、ありていに言えば、そういうことだ。目線を高くすえればＭＭＫはむつかしい、低く落とせばやさしい。つまり、よくもてるのは目線が低いから。ふられてばかりいるのは志《こころざし》が高いから……はい、私はあま

りもてるほうではなかったのです。

閑話休題《かんわきゆうだい》――小倉百人一首の恋歌《こいうた》を見ていると、叶《かな》わぬ恋に苦しんでいるケースが圧倒的に多い。理想主義者が多く、目線がみんな高かったのだろうか。もしかしたら文学は根源的に理想を高くして、そのために生ずる破綻《はたん》をいとわない……いとわないどころか享受《きょうじゅ》する世界なのかもしれない。

第八十八番、皇嘉門院別当《こうかもんいんのべっとう》（生没年不詳）は、

難波江《なにはえ》の　蘆《あし》のかりねの　ひとよゆゑ
　みをつくしてや　恋《こ》ひわたるべき

と、せつない恋を詠《よ》んでいる。女性に（男性だって似たようなものだが）名前のないのは毎度のこと。いや、いや、あることはあるのだろうが、それをあらわにするケースは皆無《かいむ》に等しく、たいていは身分や父親をほのめかして呼んだ。この歌人は皇嘉門院なる中宮《ちゅうぐう》に仕えて別当のポスト、つまり長となった人。偉いお局《つぼね》さま（女官《にょかん》）かな。

歌は千載《せんざい》集にあって、歌合《うたあ》わせで〝旅宿逢恋《りょしゅくにあうこい》と言える心を詠める〟とそえてある。

ホテルで恋のひとときをすごしたときの心を歌った、というわけだ。その意味内容は……大阪湾の入江《いりえ》に蘆がたくさんはえている。その荒涼《こうりょう》とした風景にも似た旅の短い仮寝《かりね》の恋、たった一夜《ひとよ》のアバンチュールに身を尽《つ》くして思い続けて生きねばならないのでしょうか、と問いかけている。答は「その通りです」、あるいは「その覚悟《かくご》です」だろう。

「一夜の契《ちぎ》りに一生をかけるなんてロマンチックね」

「きれいにまとめているけど、歌合わせで創《つく》ったのだからイマジネーションの世界だろ。こういう恋愛はいかがですか、くらいの感じ」

「でも当人が昔、そういうこと、やったかもしれないじゃない」

「そりゃわからん。ありうるけど」

ふんだんに掛詞《かけことば》を使っている。〝かりね〟は刈根《かりね》と仮寝、〝ひとよ〟は蘆の一節《ひとよ》と一夜、〝みをつくし〟は〝身を尽くし〟と澪標《みおつくし》、これは航路を示す目印のことだ。せつない恋と入江の風景がよく呼応《こおう》している。

もう一つ、難波《なにわ》の海辺の蘆を歌った一首があって、これは第十九番、伊勢《いせ》（八七七？～九三九年？）の詠んだ一首。伊勢は父親の官名らしい。

難波潟《なにはがた》　短《みじ》かき蘆《あし》の　節《ふし》の間《ま》も

逢《あ》はでこの世《よ》を　過《す》ぐしてよとや

蘆の茎《くき》の節の間はとても短い。そんなわずかな時間さえあなたは会ってくれないで私に一生を過ごせというのですか、と嘆《なげ》いている。

この作者は多分美人、教養もあってセンスもよく、八十点くらいはクリアーしていたのに、九十点くらいの男と親しくなったものだから捨てられてしまう。恋多き女でもあったらしい。この歌には、ただのイマジネーションではなく、切実な思いを感ずるのは私だけだろうか。せつない恋が匂《にお》ってくる。

ところで、それとはべつに、どうでもいいような疑問が湧《わ》き、

「蘆って、なんだ？」

「蘆は蘆でしょ。水辺に細く生《お》い繁《しげ》ってて」

「うん。だいたいは知ってるけどサ、よく見たことがない、節なんかあるかなあ」

「あるんじゃない、歌に詠んでるくらいだから」

「宮中《きゅうちゅう》に仕える女房《にょうぼう》がそこまでよく調べてたかどうか……」

「ええ？」

「よしず張《ば》りの材料だろ。〝よしのずいから天井《てんじょう》のぞく〟って言うくらいだから茎は中空で筒《つつ》になってんだろ。節なんかあるのかな」

「あしとよしって同じもの?」

「同じじゃないのか」

蘆に節があるのかないのか、それが茎の長さと比べて果たして短いのかどうか、図鑑で調べてみたが、よくわからない。ただ、あしとよしとは同じもの。〝悪《あ》し〟と言うのがいやだから〝善《よ》し〟と言ったらしい。スルメは〝する〟(なくす)からいやだ、アタリメにしよう、と同じ発想だろう。

「水辺に行けば、わかるでしょ、節があるかどうか」

「しかし、どれが本当の蘆か、それがわからない」

なべて植物の確認はむつかしい。したり顔で嘘を教える人もいたりして、困ります。

冒頭に述べた〝七十点〟云々《うんぬん》の話は、現代の、言ってみれば恋愛のマーケットが自由平等に開かれている場合に言える(かもしれない)原則であり、小倉百人一首の時代のように根本的に男尊女卑《だんそんじょひ》、女がひたすら男を待つ風習の中では当てはまりにくい。女性は相手に十点くらい足駄《あしだ》を履《は》かせる必要がつねにあったろう。

次なる第五十四番、まちがいなく相手が高得点のケースである。詠んでいるのは儀《ぎ》同三司母《どうさんしのはは》(?~九九六年)で、儀同三司が やや こしいけど、准大臣《じゅんだいじん》・藤原伊周《ふじわらのこれちか》のこと、この歌の母というわけ。当然ながら、初めっからお母さんであったわけではなく、この歌を詠んだときは若かった。新古今集《しんこきん》からの採用で、そこには〝中関白《なかのかんぱく》が通《かよ》い始めたころ〟と付してある。その中関白とは藤原道隆《みちたか》のこと。伊周に道隆、往時のビッグ・ネームが並んでいる。

忘れじの　行末《ゆくすゑ》までは　かたければ
　今日を限りの　命《いのち》ともがな

歌の意味は〝君のことは忘れないよ、と言われても、そんなこと行《ゆ》く末《すえ》まではむつかしいから、今日限りの私の命であってほしいわ〟である。すばらしい恋が始まったばかりのころ、

――今が最高。最高のまま死にたいわ――

と、この歌をわが恋の讃美《さんび》ととるもよし、あるいは、

――おいしい言葉をいただいたけど、どうせ長くは続かないわ。今、死ねば嘆き悲しむこともないのよね――

と、さめた心ととることもできる。

しかし、まあ、彼女は（貴子《たかこ》という名が残されている）偉い学者の娘で、教養もあるし美人の誉《ほま》れも高かった。ここで通って来た道隆とは結局結婚して、子どもにも恵

まれ、ほどよい家庭を作っている。

因《ちな》みに言えば、道隆は道長《みちなが》の兄であり、道長と言えば藤原一族の権勢を誇《ほこ》って、

此《こ》の世をば　我が世とぞ思ふ　望月《もちづき》の
欠けたることも　なしと思へば

と詠んだ人である。二人の父は藤原兼家《かねいえ》。一族が無上の繁栄を極めたときである。紫式部《むらさきしきぶ》が仕えた彰子《しょうし》（道長の子）や清少納言《せいしょうなごん》が仕えた定子《ていし》（道隆の子、伊周の妹）など天皇家との関わりも深い。

貴子は道隆と結ばれ愛情の面では〝忘れじの行末《ゆくすえ》〟は、一応確保されたが、なまぐさい権力争いの面では夫・道隆が死ぬと、道長がいっきに力を増大し、息子の伊周は失脚《しっきゃく》。娘の定子は尼《あま》となり、貴子は家族の薄倖《はっこう》を前にして昔日《せきじつ》の栄華を思い、あらためて〝今日を限りの命ともがな〟つまり、

――もっと早く、いいときに死んでおけばよかった――

と考えたかもしれない。

ともあれ、第五十四番は九十点の女が九十五点の男に贈った〝恋の喜びの歌〟と解しておこう。喜びでさえ、こういう屈折《くっせつ》した方角から詠むのが、この時代の風潮であ

ったのだから。

第八十九番、式子内親王《しょくしないしんのう》（一一四九〜一二〇一年）の一首は……内親王と言えば皇女《こうじょ》であり、父は後白河《ごしらかわ》天皇。身分から言えば九十点は堅《かた》いところだろうが、やっぱり女はせつない恋に悩むのである。新古今集には〝忍《しの》ぶ恋〟とあって、

玉《たま》の緒《を》よ　絶えなば絶えね　ながらへば
　忍《しの》ぶることの　弱りもぞする

〝玉の緒《お》〟と言えば人の命のこと。私の命よ、絶えるなら絶えるがいい、と激しい。なまじ永《なが》らえると、忍ぶ力が、弱まってしまうから、である。

忍ぶ恋とは、あらわにすることができない恋である。たとえば片思《かたおも》い、心中密《ひそ》かに隠している恋だ。あるいはこちらの気持ちは相手には通じているが、事情があってあからさまにできない恋、どちらをとりますか、むつかしい。

この内親王は（なにしろ後白河の時代のことだから）変転する政情に乱され、幸薄《さち》い生涯を送ったが、歌道《かどう》に関しては俊成《しゅんぜい》や定家《ていか》と親交が深く、実際、歌は滅法《めっぽう》うまかった。密かな恋もあったろう。みずからの心情を託《たく》すべき歌作りの才には恵まれ、そ

れが大きな慰《なぐさ》めであったろう。

話はガラリと変わるが、文部科学省の審議会で〝よく生きる力〟を培《つちか》う教育が話題になったとき、

「ゆとり教育には問題があるでしょう」

「これからは英語を大切にしないと」

「つね日ごろから意見を述べあうこと、ディベートの能力もつけさせたいね」

と、それ自体なんの文句もつけようもない意見が述べられたが、私はふと、

「なにか社会に役立つ能力を身につけることも大切でしょうが、それとはべつに趣味的な音楽、絵画、体育など、どちらかと言えば主要学科と言われないものも、よく生きる力になるんじゃないですか」

まったくの話、浮き世の生活がままならなくなったとき、身心を癒《いや》してくれる趣味を持つことがどれほどのよい慰めとなってくれるものか、これを培うこともりっぱな〝よく生きる力〟の教育ではあるまいか。式子内親王も歌道の才により逆境《ぎゃっきょう》をずいぶんと慰められたにちがいない。

恋の悩みは二つに分類できるかもしれない。一つは、恋情《れんじょう》が受け入れてもらえないことである。片思いもあれば失恋《しつれん》もある。だが、も一つ、ろくでもない噂《うわさ》を流される

ことも悩ましい。たとえその噂がおおむね事実であっても、あからさまにされては迷惑《わく》至極《しごく》の場合が多い。

「あいつ、高望みをして、ふられたんだってよお、ウッフフッフ」

「自分のご面相《めんそう》、よく鏡に映してからやれっちゅうの」

「いい気味だよ」

中傷《ちゅうしょう》はつきものだし、まして事実無根の噂はもっとつらい。

されば第六十五番、相模《さがみ》（生没年不詳）の歌は、

恨《うら》みわび　ほさぬ袖《そで》だに　あるものを
恋《こひ》に朽《く》ちなむ　名《な》こそ惜《を》しけれ

〝恨みわび〟の〝わび〟はわびしいこと、悲しく、つらいことだ。つれない人を恨んで悲しくなり、衣《ころも》の袖は涙《なみだぬ》で濡れて干《ほ》すこともできないほどなのよ。なのに、わるい噂を立てられ、名前まで貶《おとし》められて朽ちてしまうなんて、くやしいーッ、くらいでしょうか。たったいま述べたように恋の悩みが二つあるとすれば、これはダブル・ショックという情況だ。

後拾遺集《ごしゅうい》にあって、歌合わせで詠んだものだから、具体的につらい恋のくさぐさが

あって創ったものかどうかはわからない。なにかしら過去にこんな心境に陥《おちい》ることがあって、それをフィクションとして歌った、のかもしれない。

夫が相模守《さがみのかみ》であったから相模の名で呼ばれたが、宮仕《みやづか》えをして、この人も一流歌人として高い評価を受けた。父は源《みなもとの》頼光《よりみつ》と言われ、源頼光と言えば、

「聞いたこと、あるな」

「ほら、鬼《おに》退治だよ。大江山《おおえやま》の酒呑童子《しゆてんどうじ》をやっつけた」

「ああ、あれか。坂田金時《さかたのきんとき》なんかを子分にして」

「そう、それよ。貴族階級にうまく取り入って勢力を伸ばした武士の走りよ」

「酒呑童子って、シュタインドウイッチっていうロシア人だったとか？」

「そういう珍説《ちんせつ》を唱《とな》える人がいるんだよなぁ」

「髪《かみ》はちぢれて、ずう体が大きく、すごい人相《にんそう》で、血を飲んでいるって、赤ワインかしら」

「若狭《わかさ》あたりに漂着して大江山に陣取《じんど》って……ありえないことじゃないけど、作り話だろ」

「まあね」

まことしやかな説を呟《つぶや》く人がいるから困ってしまう。頼光の鬼退治だって作り話だろうけれど……。

男性にだって純愛《じゅんあい》を告白する人がいて、第五十番は藤原義孝《ふじわらのよしたか》（九五四〜九七四年）の歌。生没年で見る通り、ひどく若死をした貴公子《きこうし》であった。天然痘《てんねんとう》に冒《おか》されたらしい。

君がため　惜《を》しからざりし　命《いのち》さへ
　長くもがなと　思ひけるかな

早死《はやじに》は伝染病のせいとはいえ、こんな歌が残されていると、――なにか予見《よけん》していたのかな、自分の短命を――と思いたくなってしまう。

歌の意味は、ことさらに惜《お》しいと思っている命ではないけれど、あなたを知ってからは長生きしたいと思うようになりました、と、まっすぐに告白《こくはく》しているのだから……。後拾遺集からの採用で〝女のもとから帰りてつかわした〟とそえてある。つまり、きぬぎぬの文《ふみ》、女性のところから帰って、その朝に送るラブレターだ。若い貴公子にこう言われたら女性のほうはジーンととろける。きぬぎぬの文の傑作《けっさく》と評してよいだろう。

それに、義孝という人、若いときから強く仏教に帰依《きえ》して、抹香《まっこう》くさいと言うのか、

——この世の命なんか、べつに——

なまぐさいところのない真面目《まじめ》ちゃんだったらしい。その真面目ちゃんが（初めてかどうかはわからないが）すてきな女性と夜をともにして、

——やっぱり生きていたい。この世ってすばらしい——

と覚った。この若い人柄《ひとがら》にふさわしい歌であり、好感が持てる。つまらない人生が、すてきな女性にめぐりあって有意義なものと化す、うれしいですね、これは。今日の世情をながめ……若い人よ、早まって自殺なんか考えないでくださいね。きっといいこと、ありますから。

「でも、いつまで待っても、すてきな女性と知りあえないんだもん」

いや、いまに、いまに、きっと。めぐりあうかどうかの問題ではなく、すてきだと思う努力が必要なんです。

イギリスの小説家ロバート・スティーヴンソン（一八五〇～一八九四年）によれば、

〝ライオンは百獣の王ではあるが、平穏《へいおん》な生活のペットとしては適当ではない。それと同じように恋愛はあまりにも激しい情熱なので平穏な生活にふさわしくないのだ〟

恋はライオンなのだ。犬や猫のように飼《か》い慣らすわけにはいかないものらしい。あ

あ、それなのにだれしもが、ついうっかり手を出して、いつのまにかその激しさに翻弄《ほんろう》されてしまう。

たったいま引用したスティーヴンソンの言葉がおもしろいので、ちょっと小倉百人一首を離れて、

――恋ってなんだろう？　箴言《しんげん》集をのぞいてみるかな――

書棚《しょだな》から二、三冊を取り出してみた。どの箴言集も恋愛の部は重要な項目として多くのページをさいている。

〝情熱的な恋をしたことのない者には人生の半分が隠《かく》されたままだ。それもすばらしいほうの半分だ〟

とフランスの作家スタンダール（一七八三〜一八四二年）は言う。先の藤原義孝は、大切な半分を知らないまま〝命なんかべつに惜しくもない〟と思っていたところ、すてきな半分を見出《みいだ》した、というわけですね。

〝女にとって恋愛は生涯の歴史であり、男にとってはエピソードにすぎない〟

と、これもフランスの文人スタール夫人（一七六六〜一八一七年）の言葉だ。私見《しけん》を述べれば、

〝女性は恋のプロフェッショナル、男性はアマチュアだ〟

女性のほうが、つねに真剣であり、巧《たく》みである。ちがいますか。そしてアマはプロ

にかなわないものだ。

さらに言う。プロであればこそ、甘いことばかり言っているわけにはいかない。フランスの劇作家ジャン・アヌイ（一九一〇～一九八七年）は芝居の中の台詞《せりふ》だが、

〝女にとって恋は一つの賭《か》けなんです。自分の見通しに頼るよりほかにないの。だから馬鹿《ばか》な女が騙《だま》されても、それほど同情することはないのよ〟

確かに……。賭けに負けて、これは同情されにくい。

フランス人以外から探れば、これはアメリカの映画俳優ジョン・バリモア（一八八二～一九四二年）は、

〝恋愛とは、美しい女に出会うこと、そしてその女が豚《ぶた》に見えてくることとの中間にある甘美《かんび》な時間のことである〟

辛辣《しんらつ》ですね。

ドイツ人ならばハインリッヒ・ハイネ（一七九七～一八五六年）が歌っている。

〝はじめてなした恋ならば片思いでも神である。けれど二度まで恋をして片思いなら馬鹿である〟

まあ、そうでしょう。

でも片思いこそ恋の真髄《しんずい》という説もあって、これはどんな妄想《もうそう》も自由自在、結構楽しいところもあるけれど、やっぱり本物を知ってしまうと駄目《だめ》ですね。

「ぜんぜん、べつなもんだよ」

「なにが？」

「片思いと恋とは」

「うん」

「それとも、あれは片思いという恋なのかな、分けて考えたほうがいいみたい」

確かに……。

日本人からも一つ。斎藤緑雨《りょくう》（一八六七～一九〇四年）なる皮肉な文学者によると、〝献身的《けんしんてき》恋愛となん呼ばるるものありとぞ。日に三たび飯食うべき身を献《ささ》げらるるも、時によりては迷惑なるものに思われる〟

恋は甘美なものだが、生活の一部であり、生きることが密接に関わっている。生きるとなればお金が必要だ。この相剋《そうこく》をどう対処するのか。現代の文学では大切なテーマの一つだが、百人一首の貴人たちは、この点まったく頓着《とんちゃく》していない。その種の歌を見ることはない。

――生活は、保証されていただろうからなあ――

と思うけれど、ここに登場する人たちにだって、貧しい生活はやっぱり伏在《ふくざい》していただろう。女性なら保護者を失ったとたん路頭《ろとう》に迷うケース。やんごとない出自《しゅつじ》の人でもこういう非運に遭《あ》わないわけではなかった。男性は、まあ、大丈夫。ノホホンと恋に悩んでいても（少なくとも歌の中では）苦しゅうない。

恋愛が日々の生活と関わりがあるのも当然で、芥川龍之介《あくたがわりゅうのすけ》は相変わらず理屈っぽく説いている。

〝われわれを恋愛から救うものは理性よりも寧《むし》ろ多忙である。恋愛も又《また》完全に行なわれるには何よりも時間を待たねばならぬ。ウェルテル、ロミオ、トリスタン——古来の恋人を考えて見ても彼等は皆閑人《かんじん》ばかりである〟

そしてロシアの箴言では、

〝イワンは恋を論じたが、恋はしなかった〟

理論より実践が大切です。

参議等《さんぎひとし》こと源等《みなもとのひとし》（八八〇～九五一年）は嵯峨《さが》天皇の曾孫《ひまご》という以外、生涯はよくわからない。第三十九番で、

浅茅生《あさぢふ》の　小野《をの》の篠原《しのはら》　しのぶれど
　あまりてなどか　人の恋《こひ》しき

と詠み、これはこの時代の歌の技巧《ぎこう》をみごとに表わしている。その点ではすこぶる

評価の高い一首のようだ。

〝浅茅生《あさじう》の小野《おの》の篠原〟にはさほど深い意味はない。〝浅茅生の〟は〝小野〟にかかる枕詞《まくらことば》だが、この言葉自体が雑草の生い繁っている様子を意味している。〝浅茅が宿〟と言えば住む人のないあばら屋のことだ。〝小野〟は、ただの野原と解してよく〝篠原〟も篠の生い繁っている荒野である。全体で荒涼としたイメージを漂わせながら〝しのはら〟を〝しのぶれど〟にかけているのだ。あなたのことを思って心が乱れ、一生懸命忍《しの》んでいるのだけれど、思いがあまって、どうしてこんなに恋《こい》しいのだろうか、くらいの大意である。

言葉の調子が美しいし、イメージが恋のつらさにふさわしい。後撰集《ごせん》からの採用だが、だれかに送ったラブレターらしい。ともあれ上出来ですね、恋文としては。

左京大夫道雅《さきょうのだいぶみちまさ》こと藤原道雅（九九二〜一〇五四年）は、先にも登場した藤原伊周の子。身分は高いが政争の中で不遇《ふぐう》な生涯を送ったらしい。第六十三番にある歌は、

今はただ　思ひ絶《た》えなむ　とばかりを
　人づてならで　いふよしもがな

とあって、そのこころは、今はもうあなたのことをあきらめようとばかり考えているけれど、そのことを人づてではなく、直接お会いして言いたいものだ、である。これは、よくわかります。失恋は覚悟した、しかし、そのことを会ってお伝えしたい。せめてもう一度会って……会えばなんとか、いや、いや、もう見込みはないと知っているけれど、ひとめだけでも、と、切々《せつせつ》たる思いを訴えている。

後拾遺集に、この歌の背景がそえ書として綴《つづ》られているが、それよりもう少しくわしく事情を説明すれば……この道雅、恋した相手がまずかった。皇女で、伊勢の斎宮《さいぐう》を務めた女性なのだ。皇女なんて当然のことながらこちらもよほどの身分でなければ望んではいけない相手だし、伊勢の斎宮は天皇の代理として神に仕える立場だから男なんかみだりに近づいたり近づけたりしてはいけない。道雅の出自は、祖父の道隆が生きていたころならともかく、父・伊周は道長に圧倒され、完全に右肩下《みぎかた》がりの情況。恋してはいけない相手に恋してしまい、そのことが相手の父親なる天皇にばれてしまい、著しく不興《ふきよう》を買うこととなった。

——おれの運命、これで決まったな——

ますます不遇に陥る。

そういう事情の中で詠まれた一首、と考えてよいだろう。歌合わせの会などで詠まれるフィクションとは少しちがう。恋の相手のほうも父親の逆鱗《げきりん》に触れ、尼となり、そう長くは生きなかった、とか。

七十点の男性が九十点の女性に恋した熱愛かな。女性も禁を犯して応《こた》えてくれたにちがいない。

本当の恋はライオンです。穏やかな生活には向かないところがあるのでしょうね、きっと。

第十話　定型と天地有情

〈天地有情《うじょう》〉は土井晩翠《どいばんすい》（一八七一～一九五二年）の詩集である。デビュー作として名高い。

天地有情は生きとし生けるもの、大自然も天も地も心を持っている……と言うより人間がそれらに心を通《かよ》わせている、くらいの意味だろう。

「土井晩翠って、だれ」

「詩人だよ、〈荒城《こうじょう》の月〉を詠《よ》んだ」

「ああ、知ってる。春高楼《こうろう》の花の宴《えん》……でしょ。よく歌うじゃない」

「よく歌うけど、四番まであるんだぞ。知ってる？」

「へえー、知らない」

「普通は一番だけとか、二番を加えるとか、省略して歌われることが多いけど、本当は四番まであって、よく見ると、これ、起承転結《きしょうてんけつ》なんだ。省略はよくない」

「起承転結？　むつかしいわね」

「もともとは漢詩の作法《さほう》なんだろうけど、いろんなところで使われてる。まずテーマを起こし、これが起だよな。次にそれを受けついで承。それから急に変わって転、最後に結論の結があるわけ。学校で習わなかった？」

「習ったような気もするけど」

「京の三条糸屋の娘、とテーマを起こす」

「ええ？」

「姉は十八、妹は十五、と続けて、これが承だ」

「ええ」

「そこでガラリと変わって、諸国大名弓矢《ゆみや》で殺す」

「転なのね」

「そう。そして結だが、糸屋娘は目で殺す。全体がまとまる」

「へえー」

「〈荒城の月〉も一番は〝春、高楼の花の宴〟で昔の春だ。二番は〝秋、陣営《じんえい》の霜《しも》の色〟。春と来れば、次は秋よ。これも昔の秋だ」

「ふーん」

「三番は〝いま荒城の夜半《よわ》の月〟と、現在の姿だ。ここで変わっている」

「最後は？」

「〝天上影は変わらねど〟って、古今《ここん》を通して変わらない月と、人の世の栄枯《えいこ》盛衰《せいすい》を歌ってまとめてるんだ」

「起承転結なのね」

「まあ、そうなんじゃないのか。詩歌《しいか》ってものは型を守るのが大切なんだ。自由に歌うのもいいけど、型をふまえて……」

「和歌とか俳句とか。五七五七七、五七五、それが決まりですもんね」

「中身のほうは……日本人の場合は四季があって自然との交わりが深いだろ。大自然に心を通わせてるものが多い」

「俳句なんか完全にそうですもんね。季語《きご》があって」

「和歌にも季節感が多いよ」

前置きがずいぶんと長くなり、起承転結とは関わりがないけれど、百人一首の中にも定型を守りながら自然と人の心の関わりを詠んだものがたくさんある。

たとえば藤原道信朝臣《ふじわらのみちのぶあそん》（九七二〜九九四年）は第五十二番で、

明けぬれば　暮《く》るるものとは　知りながら
なほ恨《うら》めしき　朝《あさ》ぼらけかな

と詠んでいる。

犬が西向きゃ尾は東、親父《おやじ》おれより年が上、朝が来たなら夜が来る、昔から当たり前と相場がきまっている。

この歌の作者も、

「それはよく知っているんだが……」

やっぱり朝がほんのりと白く明けてくるのは、

「恨めしいなあ」

と言っているのだ。

なぜかと言えば……そう、女性がからんでいるんですね、これは。女性のところで一夜を過ごし、その朝のことなのだ。後拾遺集《ごしゅうい》から採《と》ったもので、そえ書には〝雪の降る朝、女のもとより帰って送った〟とある。いわゆるきぬぎぬの文、デートのあとの感想を手紙に託《たく》して送るわけだ。男性はとかく、

「ああ、終わった、終わった」

とりあえず一件落着《らくちゃく》を感じがちだが、女性は、

「私、愛されているのかしら」

と思い悩む。そういう性《さが》なのだ。

きぬぎぬの文は、このことへの慮《おもんぱか》り。つまり男女の仲を性《せい》の営《いとな》みから心の営みへ

と昇華《しょうか》させようという典雅《てんが》な試み、一つの文化と考えてよいだろう。これを（貴族社会に限られたことではあるが）一つの習慣としたこと、恋愛作法としたところは興味深い。類似《るいじ》の心理は、どこの国の男女にも、いつの時代の男女にも起こりうることだろうが、作法にまで仕上げたケースは、ほかにあまり聞かない。

大自然との関わりについて言えば、夜が去って朝が来るのは地球の自転のたまもの、文字通り毎日くり返される自然現象にすぎないのだが、それが人間の心、人間の営みと無縁《むえん》じゃないのが、おもしろいところ。岩谷時子《いわたにときこ》さん作詞の〈夜明けのうた〉なら、

〝あたしの心に　若い力を　満たしておくれ〟

とかなんとか明るい朝には明るい希望が湧《わ》いてくるのが通例だが、これは、まあ、よく眠ったあとのケースでしょうね。試験勉強で徹夜《てつや》、まどろむこともなく、

「えっ、もう朝なのかよ」

ひたすら恨めしい。

藤原道信朝臣の場合も、これはきぬぎぬの文だから女性へのリップ・サービス、文学的フィクションも充分に含まれているだろうけれど、恋しい女性と一夜を過ごし、朝が白々《しらじら》と明けてくるときは、現実なら、まことに恨めしい。この歌の主人公については、

「またすぐ夜になるよ。そのとき会えばいい」

あせることとないんだよ、と言いたいけれど……。

しかし、生没年《せいぼつ》を見ていただきたい。享年《きようねん》二十二の早世《そうせい》である。一夜一朝をあせらなければいけない立場だったのかもしれない。よい家がらの出身で、将来を嘱望《しよくぼう》され、歌人としても優れていたが、この若さで死んだのは、それこそが一番恨めしい事情だったろう。


一帖《じよう》の絵のように人と自然の関わりを歌っているのは、

　ほととぎす　鳴きつる方《かた》を　ながむれば
　ただ有明《ありあけ》の　月ぞ残れる

第八十一番、後徳大寺左大臣《ごとくだいじのさだいじん》こと藤原実定《さねさだ》（一一三九〜一一九一年）の歌である。千載集《せんざいしゆう》からのセレクションで、そえ書には〝暁《あかつき》に郭公を聞く、という心を詠んだ〟とある。郭公は今はカッコウと読んで、〝カッコウ鳥〟を意味するのが普通だろうが、往時《おうじ》はホトトギスと読み、ホトトギスもカッコウもごちゃ混ぜにされていたふしがある。

「ぜんぜんちがうじゃない、鳴き声が」

「そう？」

「そうよ。ホトトギスは〝テッペンカケタカ〟でしょ。カッコウは〝カッコウ、カッコウ〟じゃない」

「あ、そうか」

しかし動植物の名前はむつかしいのだ。この際あまり深くはこだわらないでおこう。とにかく充分に顕著《けんちょ》な野鳥の声が聞こえたのである。いや、いや、これもいつものことながら歌人が実際に聞いて、そのときの情景を詠んだわけではなく、イマジネーションのたまものだろう。そえ書を読めば、そうなる。朝まだき、鋭《するど》い鳥の鳴き声を聞いて、

――おや――

と、ながめ、声の行方《ゆくえ》を探れば、空にうっすらと残りの月が照っていた、ということ。

野鳥の観察者なら望遠鏡に目を寄せ、鳥の居場所を確認するだろうけれど、いにしえはそうはいかない。聞こえた声と残る月影、この情況に接して人はなにを思うか。

「早起きをしたわけね、この人」

「どうかな」

「早起きしてヒョイと外に出たら……」

「山小屋でキャンプをやってるわけじゃないんだ。やっぱり朝帰りだろう」

「えっ、そうなの？」

「女のもとで一夜をすごし、あれこれ思っているとき急に鳥の声で思案を破られ、はてと思ってながめれば、声は消え、月だけが残っている」

「だから？」

「それから先は余韻《よいん》よ。みなさんが想像してください、って」

「へえー」

「生きとし生けるものの営みは消え、月だけが変わらずに照っているとか。〝荒城の月〟と同じことだ」

「ふーん」

「わりといい歌ってことになっている」

もちろんこれは百人一首の一枚札の一つ、わかりやすいし、得意札とする人も多かった。

作者自身は源平《げんぺい》の盛衰のときを生きた有力な貴族で、歌も巧《たく》みな教養人であった。大原御幸《おはらごこう》、すなわち後白河院《ごしらかわいん》（一一二七～一一九二年）が大原に隠居《いんきょ》する建礼門院《けんれいもんいん》（一一五五～一二一三年）を訪ねたとき、この人も随行《ずいこう》したはず。平家物語には〝しのびの御幸なりけれども、供奉《ぐぶ》の人々、徳大寺、花山院《かざんいん》、土御門《つちみかど》以下公卿《くぎょう》六人、殿上人《てんじょうびと》八人、北面《ほくめん》少々……〃と記されていて、冒頭の徳大寺が、この歌人である。

「このあいだ、大原の寂光院《じやつこういん》に行ったらホトトギスの声が聞こえたなあ」

「えっ、本当に?」

うそ、うそ。イマジネーションのたまものである。

もう一つ、鳥の歌と言えば……これは名歌なのか、つまらない歌なのか、第三番、柿本人麻呂《かきのもとのひとまろ》(生没年不詳)の歌は、

あしびきの　山鳥《やまどり》の尾《を》の　しだり尾の
ながながし夜《よ》を　ひとりかも寝《ね》む

もとはと言えば万葉《まんよう》のころの歌。作者も未詳《みしよう》らしいが、拾遺集に入って人麻呂の作とされている。

〃あしびきの〃は山にかかる枕詞《まくらことば》。〃山鳥〃は山に棲《す》む鳥ではなく、キジ科の鳥で尾《お》が滅法《めつぽう》長い。〃しだり尾〃はだらだらと長く垂《た》れさがった尾のこと。鳥のことを歌っているのかと思えば(それは、まあ、鳥のことを言ってることは言ってるけれど)これは序詞《じよし》と呼ばれて枕詞を長くしたようなもの。ここでは五・七・五と連《つら》ねて、山鳥

の尾のように長い、長い〝ながながし夜〟を導き出しているわけだ。最後の〝かも寝む《ん》〟は文法的に説明すると、相当にややこしいので省略。やさしく言えば〝寝むかも〟であり〝寝るんだよなあ〟という感嘆《かんたん》である。総じて〝山鳥のしっぽはやたら長いけどさァ、それと同じくらい長い、長い夜をたった一人でおれは寝転がって過ごすんだよなあ〟である。

「私も寝る前にコーヒーなんか飲んだりすると、目がさえて眠れないこと、あるわ。気がつくと、三時とか四時とかになっちゃってて」

「そういうのと少しちがうんじゃないのか」

「あら、ちがうの」

「そうかもしれないけど、これ、一応、恋の歌なんだ」

「へーえ」

「女の人が隣《となり》にいてくれればいいのに、くそ長い夜をたった一人で寝て、まいった、まいった、って、そういう心境じゃないのか」

「なまぐさいのね。おじいさんが独《ひと》り眠られない夜を嘆《なげ》いているのかと思ったのに」

「睡眠薬を飲めばいいって歌じゃないと思うよ」

「ややこしいのね」

なにしろ柿本人麻呂は歌聖《かせい》とまで謳《うた》われた名人上手《じょうず》である。が、生涯については、ほとんどなにもわかっていない。言ってみれば謎《なぞ》の人物。宮廷《きゅうてい》歌人であったらしく、つまりやんごとない人のおともをして歌を創《つく》ったりしていたことは確かだが、どれが人麻呂が本当に詠んだ歌か、どれが人麻呂の歌と称されている歌か、区別も定かではない。万葉集にはたくさんの秀歌《しゅうか》が残されているけれど……。この〃山鳥〃の歌のよしあしも、みなさんの評価に委《ゆだ》ねよう。

話はガラリと変わるが、〃いろは歌〃はだれが創ったものなのか。かな文字をすべて一回ずつ用いて意味の通った詩歌を創る、それだけでも充分に厄介《やっかい》な作業なのに、いろは歌は全体として（ほとんど無理なく）仏教の摂理《せつり》を詠んでいる。並《なみ》たいていの技《わざ》ではない。

〈いろは歌の謎〉（篠原央憲著・カッパブックス）というユニークな本があって、柿本人麻呂の作だ、と主張している。信ずるかどうかはともかく、なかなかおもしろい。

いろは歌には、もともとちょっとした謎が含まれていて、それは万葉がなで記された古い記述では、少し不自然な（七字ごとの）行かえがあって、現代の平がなで示せば、

いろはにほへと
ちりぬるをわか
よたれそつねな

らむうゐのおく
やまけふこえて
あさきゆめみし
ゑひもせす

と、ところどころ行かえがヘンテコ。だが各行の一番下を右から左へ読むと〃とかなくてしす〃、つまり、〃なんの罪《つみ》とがもなく死す〃という文章になる。不自然な行かえは暗号《あんごう》ではないのか。

作者がだれであれ、この歌は〃私は無実の罪で死ぬ〃と訴《うった》えているのではないか、こういう考察が稗史《はいし》伝説の中にずっと伏在《ふくざい》していたのである。〈いろは歌の謎〉は、この訴えに目を止め、これが生涯のあまりよくわからない柿本人麻呂の作と推測し、そのうえで人麻呂が前半生の栄光にもかかわらず晩年はなにかの理由で失脚《しっきゃく》、幽閉《ゆうへい》され不遇《ふぐう》のうちに死んだ、と主張している。幽閉の中で（時間は充分にあっただろう）苦心していろは歌を創り（それがみんなに珍重《ちんちょう》されるなら）暗号を解く人もいて自分の無実に目が向けられるだろう、と企《くわだ》てた……。つじつまは一応あっている。確かに柿本人麻呂が不遇の中で死んだ、という推測も、それなりの根拠で実在しているらしい。いろは歌を創るくらいの日本語力は充分にあっただろうし、古代を代表する歌人でありながら、このように、よくわからない人なのだ。

もう少し雄大な自然を歌った歌はないものか、と探してみれば、

わたの原《はら》　漕《こ》ぎ出《い》でて見れば　ひさかたの
雲居《くもゐ》にまがふ　沖《おき》つ白波《しらなみ》

第七十六番は法性寺入道前関白太政大臣《ほっしょうじにゅうどうさきのかんぱくだじょうだいじん》こと藤原忠通《ただみち》（一〇九七〜一一六四年）の一首である。肩書《かたがき》を見ただけで、

——偉そうな人だなあ——

と、わかるけれど、その通り、かなり偉い。血筋《ちすじ》をたどれば、例の栄華《えいが》を極めた道長《みちなが》の孫《まご》の孫の子。しかし藤原家もこのあたりでは下り坂、父や弟と争い、千々《ちぢ》に乱れた。歌人としては充分に優《すぐ》れていたけれど……。

歌は詞花《しか》集からの選で、〝崇徳院《すとくいん》（第七十七番の作者）のもとで、海上望見《ぼうけん》の歌を詠め、と言われて詠んだもの〟である。残念ながら海を実際にながめて歌ったものではないらしい。

だが、一応は晴れ晴れとした大きな歌である。〝わたの原〟は海のこと。〝わた〟が海を表わし、それが原をなしているのだから大海原《おおうなばら》ですね。

そこへ漕ぎ出《だ》したのである。〝ひさかたの〟はもちろん雲にかかる枕詞で〝雲居《くもゐ》〟は雲のいるところ、ここでは水平線上に群《むら》がる白い雲の群だ。そこに白波が立ち、それが雲の群と見まちがうほどの風景である、くらいの大意である。

――だから、どうしたの？――

詠者の心情は、ほとんど含まれていない。白波の騒ぐ海を沖へ沖へと漕ぎ出してみれば、

――こんな風景にも出合うだろうな――

月並みだが、うまく歌っている。

沖のほうにただならない恐ろしさが騒いでいることから、この歌は崇徳院の運命を……やがて讃岐《さぬき》に流される悲劇を予見《よけん》している、という説もあるらしいけれど、

――それはこじつけだよなあ――

にわかには信じがたい。

同じ〝わたの原〟を歌ったものでも第二話で述べた〝わたの原八十島《やそしま》かけて……〟(第十一番＝小野篁《おののたかむら》)のほうが歌人の心情は深いと見たが、いかがだろうか。

ただひたすら自然の風景を歌った歌としては、たとえば第六十九番、能因法師《のういんほうし》(九八八～？年)が、

嵐吹《あらしふ》く　三室《みむろ》の山の　もみぢ葉は
竜田《たつた》の川の　錦《にしき》なりけり

と詠《えい》じている。

――わかりやすいなあ――

ここで言う〝三室の山〟はどの山を言うのか。

竜田川は紅葉《もみじ》で知られる歌枕《うたまくら》だが、本当に三室の山の近くを流れているのか、諸説があるらしいが、もともと実見《じっけん》して詠んだ歌ではない。例によってイマジネーションであり、フィクションである。第一話の冒頭で紹介した在原業平《ありわらのなりひら》の歌（第十七番）〝千《ち》早振《はやぶ》る……〟と同じ発想。川面《かわも》を満たす紅葉が錦のようにきれいだ、と、それだけの歌と見てよいだろう。

能因法師はその名の通り僧侶《そうりょ》であり、優れた歌人であり、諸国を旅して歩いたらしいが、この人については有名なエピソードがあり、しばしば巷間《こうかん》で語られている。それは、だれしもが認める名歌を詠んでいて、

都《みやこ》をば　霞《かすみ》とともに　立ちしかど

秋風《あきかぜ》ぞ吹《ふ》く　白河《しらかわ》の関《せき》

聞いたこと、ありませんか？

春霞の立つころ、それにまぎれるように人知れず都を出発して東北へ旅立ったが、道はけわしく、遠く白河の関にかかったときには秋風が吹いていましたよ、と、季節の移ろいと行脚《あんぎゃ》のきびしさをさらりと歌って、快《こころよ》い。

ところが、これは都にいながらにして創った歌。家にこもって人にも会わず、顔を日焼けさせ、

「はい、はい、東北へ旅に出てきまして」

あたかも体験を詠んだように披露《ひろう》したとか。

インチキと言うべきか、執念《しゅうねん》と言うべきか、あらゆる手段でフィクションに現実感を持たせるのが文学者の魂《たましい》だ、という考えもあるようですね。

紅葉を歌った歌を、もう一つつけ加えれば、第三十二番、春道列樹《はるみちのつらき》（?～九二〇年）の場合。

山川《やまがは》に　風のかけたる　しがらみは

流《なが》れもあへぬ　紅葉《もみぢ》なりけり

わるいけれど、小倉百人一首の中で一番有名でない歌人ではあるまいか。この歌が定家《ていか》に選ばれたことだけが誉《ほま》れであるような……。

そして、わるいけれど、あんまりよい歌にも思えない。山中の川に風が作ったしがらみ、つまり柵《さく》のようなものがあるけれど、あれはたくさん散って流れようにも流れることのできない紅葉ですよ、なんて、くだらん。私だけの感想だろうか。

「でも、しがらみって、川の流れをせき止める柵のことを言うの？」

「そうだよ」

「普通は世間のしがらみとか、恋のしがらみとか言うじゃない。同じ言葉？」

「そうだよ。もともとは流れをせき止める柵のことなんだ。そこにいろんなものがまとわりつくから、まとわりついて離れにくいものをしがらみって言うようになったんだろ」

「じゃあ、この歌も、川面に溜《た》まっている紅葉は風が仕かけたしがらみだけど、私の恋のしがらみはだれが仕かけたものなのかなあ、って、そういう解釈は駄目《だめ》？」

「うーん。ひと理屈《りくつ》だけど、そこまで解釈を広げるのはどうかなあ。恋の歌に分類されているのなら、ありうるけど」

古今集《こきん》からの採用で、秋の歌である。京から志賀《しが》へ向かう山越えの道で、これは実《じつ》景《けい》を歌ったものらしい。実際に見たものを歌ったから、それでいいというものではないんですね。小説家の場合も現実を見てしまうと、かえってイマジネーションが制約され、魅力的なフィクションが創れないケースがなくもない。ケース・バイ・ケース、むつかしいところですね。

ご存じのように天皇家は神武《じんむ》天皇から数えて（疑義《ぎぎ》が挟《はさ》まれているけれど）現在が第百二十五代。昨今は一世一代の継承が普通だが、遠い時代には院政《いんせい》、廃位《はいい》、早世、重祚《ちょうそ》などいろいろあって、代数を細かく刻《きざ》んでいる。当然のことながら歌道《かどう》に優れた天皇もあって、小倉百人一首では（院号《いんごう》で示されているケースも含めて）都合八人である。その一人、陽成院《ようぜいいん》（八六八〜九四九年）は第十三番で、

筑波嶺《つくばね》の　みねより落つる　みなの川
　恋ぞつもりて　淵《ふち》となりぬる

と歌っている。
筑波嶺は関東の名山、筑波山のこと。みなの川（男女川《みなのがわ》）はそこから桜川《さくらがわ》に入り霞《かすみ》

ヶ浦《うら》に注ぐ。その途中に深い淵があって、

――ああ、谷間の水が集まり、積もり積もって深い淵になるように、私の恋もいつしか深く積もって底知れないものとなってしまったなあ――

自然の風景とみずからの恋をダブらせている。

もとより天皇が関東の一画へ行幸《ぎょうこう》して詠んだわけではなく、歌枕に因《ちな》んで創ったもの。おそれ多いが、あんまりよい歌とは思えない。専門家の分析では〝みねより落つるみなの川〟など〝み〟を響かせているところなど、音韻《おんいん》的に優れているんだとか。確かに調子はよろしい。むしろそれだけの歌と言ってもよいだろう。ある皇女《こうじょ》に送った歌らしいが、そこに積もりに積もった恋の苦しさがあった、という報告もない。

それよりもなによりも、この天皇、心に病《やまい》があったのか奇妙なビヘイビアが多く、若くして廃位、歌も勅撰《ちょくせん》集にこの一首を残すのみである。

ところで……と、話はまたしてもトンデモナイ方角へ飛んでしまうのだが、昭和の初めに男女《みな》ノ川《がわ》という横綱がいた。第三十四代の横綱で、かの双葉《ふたば》山《やま》が第三十五代横綱だから、二人で東西の雄《ゆう》を分けあったときがあったはず。私のかすかな記憶では、

――男女ノ川って、千秋楽《せんしゅうらく》で双葉山に負けるための人なんだなあ――

ちがったろうか。

そして、もう一つ、第一話の冒頭で落語の中の百人一首を紹介したが、この陽成院

の歌も、横町《よこちょう》のご隠居《いんきょ》が珍妙《ちんみょう》な解釈を説いているはずである。

「どういう意味なんですか」

と、熊《くま》さんだか、八《は》っつぁんだかが尋ねると、ご隠居さんはエンサイクロペディア・ナガヤーナ、なんでも知っている。

「ふむ。これはだな、筑波嶺と男女ノ川、東西の両横綱だ」

「へえー、相撲《すもう》とりの歌なんですか」

「そうじゃ。二人が取っ組んで、なにしろ筑波嶺は背が高く、峰《みね》のような体つきだった」

「はあ」

「それがドーンと男女ノ川を投げ落とした。背負《せお》い投げだな。これが〝筑波嶺のみねより落つるみなの川〟だ」

「なるほど」

「歓声がドーッとあがった。ちょうどお殿様《との》が近くまで狩りに来ていたから『あの声はなんだ』。次から次へと声がこだまして聞こえてくる。家来《けらい》が答えて事情を説明すると『そうか、天晴《あっぱ》れ、扶持《ふち》を取らせてやろう』。これが、すなわち〝声ぞつもりてふちとなりぬる〟だな」

「はあーッ、相撲とりがお殿様からご褒美《ほうび》の扶持をいただいた、って、そういう歌だったんですか」

「さよう」

そんなストーリーが古い落語全集に載《の》っていた。私ごとながら、扶持という古い言葉を覚えたのは、このときだったと思う。

このごろは時折むつかしい言葉を思い出し、

――あれは、あのとき、あそこで覚えたんだよなあ――

と些細《ささい》な記憶を甦《よみがえ》らせたりする。

たとえば〝微衷《びちゅう》〟は、手紙の最後に使うととても便利な用語だが、あれは、そう、尋常《じんじょう》小学校の唱歌《しょうか》、

――〈児島高徳《こじまたかのり》〉の歌だったなあ――

確か〝微衷をいかで聞こえんと、桜の幹《みき》に十字の詩……〟。横綱男女ノ川を知っている人なら、ご存じのはずです。

因みにいえば、児島高徳は南北朝時代の武将。元弘の乱（一三三一年）のとき後醍醐天皇に与《くみ》して挙兵。〈太平記〉によれば、敗れて隠岐《おき》に流される天皇を追い、道中での奪回を企《くわだ》てたが果せず、その真情を一篇の詩に託して桜の幹に刻んだとか。レベルの高い文言なので、天皇を囲む雑兵《ぞうひょう》たちには意味がわからず、天皇だけが、

――うん、うん。近くに身方がいるんだな――

と意を強くした、とか。実話かどうかはわからない。かなり怪《あや》しい。

第十一話　われ思うゆえに

ある日、ふと気がついた。気がついたと言うより、こだわったのかもしれない。

——〝思う〟と〝考える〟は少しちがうんだ——

〝思う〟は、とりとめがない。頭の中をいろいろなことがよぎっていくケース。〝考える〟のほうは、ずっと論理的だ。

さらに言えば〝思う〟と〝考える〟は、二つの円が一部分だけ重なっているように、同じ意味内容で用いられることもあるけれど、少しちがう部分もある。

フランスの哲学者デカルト（一五九六～一六五〇年）は〝われ思うゆえに、われあり〟と言ったとか。ありとあらゆるものの存在を疑ってみたが、そのように疑っている〝われ自身〟の存在は疑うことができない。そこから自分の哲学をうち立てた、というのだが、このあたりは充分にむつかしい。私なんか、

——べつにデカルトでなくとも、いろいろ考えている自分がここに存在しているってこと、当たりまえじゃないの——

減《へ》らず口を叩《たた》きたくなるけれど、高邁《こうまい》な哲学はともかく、デカルトの頭の作用は〝思う〟よりは〝考える〟ほうだろう。〝われ考えるゆえに、われあり〟のほうがよりふさわしいような気がする。

同じフランスの哲学者パスカル（一六二三〜六二年）のほうの名文句は〝人間は考える葦《あし》だ〟であり、人間は水辺の葦のようにかよわい存在だが、考えることができるから強い、矛盾《むじゅん》を持つ存在としてとらえている。パスカルの場合、人間の脳みその働きのすばらしさとして〝神を抱《いだ》く〟ことを言っているのだから、これはぼんやりと〝思う〟のではなく、やっぱり〝考える〟葦だろう。神についての論考は……神学のたぐいは、まことに、まことに考えて考えて、考えまくっている。いっときヨーロッパの優秀な頭脳は高い比率で僧職を目ざし、神の論理をうち立てている。

もう一人のフランス人、ロダン（一八四〇〜一九一七年）の場合、あの有名な〝考える人〟は、やっぱり考えているのだろうか。上野の西洋美術館の前庭に坐《すわ》っているけれど、わからない。

「小便小僧《こぞう》の像と並べられると、困るんだよなあ」

という下品なジョークもあって……まあ、並べて連想なんかしないほうがよろしいでしょう。

とはいえ、ついでにもう一つ、日本国には〝厠《かわや》の分別《ふんべつ》、湯殿《ゆどの》の無分別〟という諺《ことわざ》もあって、これはトイレットではよい分別が生まれるけれど、バスルームの場合は、昔のお殿《との》さまが身分の卑《いや》しい湯女《ゆな》に、ついつい手をつけてしまってご落胤《らくいん》、それがお家《いえ》騒動のもととなる。それゆえに〝湯殿の無分別〟とされたらしい。一方、トイレットはなぜか〝考える〟のによい環境なのだ。

失礼、失礼、のっけから話がそれてしまい、しかも品がわるくなり……このエッセイのテーマは雅《みやび》を旨《むね》とする小倉百人一首でした。〝思う〟と〝考える〟について言えば、百人一首では〝考える〟が登場することはなく、もっぱら〝思う〟のほうばかり。いにしえの貴人《きじん》たちだって充分に考えただろうけれど、雅のつねとして〝考える〟などといういかめしい表現を好まなかったからだろう。〝考える〟という言葉がなかったわけではなく、古くは〝かんがふ〟として日本書紀《しょき》などに見えているようだ。しかし、この言葉、確かに和歌には向かないような気がする。

〝思う〟ほうならたくさんある。まずは第四十八番、源重之《みなもとのしげゆき》（生没年不詳）なら、

風をいたみ　岩うつ波の　おのれのみ
　くだけて物を　思ふころかな

と詠《よ》んで、もの思いに耽《ふけ》っている。

〝風をいたみ〟は荒々しく吹く風を苦痛に感ずること。風は強いし、波は激しく打つし、まるでそれとそっくりのように、私だけが心身ともにくだけて苦しい恋に悶々《もんもん》ともの思いする今日このごろなのです、くらいの大意である。きょうび、

「失恋でボロボロになっちゃった」

などという台詞《せりふ》を聞くことがあるけれど、これに近い情況ですね。

が、この歌の表現は……比喩《ひゆ》としてのレトリックは岩にくだけるすさまじい波しぶきである。勇猛《ゆうもう》と言うか、男性的というか、けっしてめそめそしていない。

――どうせ失恋をするくらいなら、このくらいズドーンといきたいね――

と思わないでもない。

「でも、これ、本当に失恋の歌なのかしら」

「そうだろ。恋の歌に分類されているしな」

「片思《かた》い？」

「うん。くだけてものを思っているのは、おのれのみ、なんだ」

「相手の女の人はルンルンなのね。源重之さん、自分だけが苦しんでいるって」

「そう」

「でも失恋とか片思いとか、たいていそうよね。相手はそんなに傷ついてないの」

「一応は同情してるような顔をするけど、本当のところ、相手のほうは、ちっとも苦

しゅうない」

「経験あるのね？」

「ふられるほうならな」

詞花集《しかしゅう》から採択で、たくさん詠んだ歌の中の一つらしい。歌人がそのときに切実な片思いをしていたかどうかは……わからない。昔の恋のこと、あるいはイマジネーションの産物かも。長らく地方長官を務めた人だった。東北の荒い海の風景などは実見していただろう。


これに続く第四十九番、大中臣能宣朝臣《おおなかとみのよしのぶあそん》（九二一〜九九一年）の歌なら、

みかきもり　衛士《ゑじ》のたく火の　夜《よる》はもえ
昼《ひる》は消《き》えつつ　物をこそ思へ

と美しい。御垣守《みかきもり》は宮廷の警備職、衛士《えじ》たちは若いエリート集団であった。その衛士のたくかがり火は昼のあいだは消えているが、夜ともなると激しく燃えて立つ。

——ああ、私の恋ごころもそうなんだ。昼のあいだはなんとか静まっているけれど、夜が来ればギラギラと燃えて私の胸を焦《こ》がすんだ——

衛士のたく火を見ていると、そんなもの思いにかられてしまう、という恋歌《こいうた》だ。

私《わたくし》ごとながら、かつて〈夜を焦がす火〉という短編を綴《つづ》ったことがある。高台から川崎の工業地帯の煙突が吹く火柱を見て書いた。ヒロインは普通の主婦、昔の恋人とめぐりあい、一回こっきりの不倫《ふりん》。すばらしいひとときであったが、彼女の良識がそれ以上の関係をさえぎる。しかし胸の中には、夜の窓に映る煙突の火がドロドロと燃えている……。これを書くとき、私の心のどこかに、この能宣の歌が重なっていたかもしれない。

その能宣は伊勢神宮《いせじんぐう》の祭主《さいしゅ》で、これは父子三代の職、歌人としても優れていた。〝梨壺《なしつぼ》の五人〟すなわち梨壺と呼ばれる和歌所《わかどころ》の五人のメンバーの一人であった。

この歌をカルタ遊びの得意札とする人は、多いのであるまいか。情景が美しく、声にしてまことに調子がよろしいのである。

お坊《ぼう》さんだって恋のもの思いを歌うのであって、俊恵法師《しゅんえほうし》（生没年不詳）は第八十五番で、

夜《よ》もすがら　物思ふころは　明けやらで
閨《ねや》のひまさへ　つれなかりけり

と悲しく、つらい。

もっとも、これは法師自身の心情ではなく、男性が女性の心を推察して歌ったものだ。〝夜もすがら〟は現代でも用いるが、一晩中、である。あれこれもの思いをしているのに、夜はいっこうに明けないで……閨はベッドルームで〝ひま〟は戸のすきま、そのすきまから朝の光も入って来ず、男は来ないし、朝は来ないし、まったくどいつもこいつも薄情《はくじょう》なのねェー、である。そういう女性心理を坊さんが歌ったわけだ。

昨今は女性作家が男性になりかわって書く小説をよく見かけるが……つまり、その、私小説風の作品なのに、女性作家が男性の〝私〟を登場させるケースを言うのだが（もちろんその逆は昔からよくあったが）あれはどういうカラクリなのだろうか。

小説家は嘘《うそ》つきが生業《なりわい》だし、フィクションはイマジネーションの賜物《たまもの》でもある。自分の過去や日常を思い起こし、

──私がこう出たら、あの男、こう考えたにちがいないわね──

それが積もり積もって一篇の小説となる。ほとんどの場合、それなりの現実感が備わっている。それがなければ、書くかいがない。

俊恵法師の歌の場合は……現実感はないでもないが、パターン通り、可もなく不可もなし、ではあるまいか。それとはべつに私の子どもの頃は、この歌の場合、取り札

のほうが〝ねぇーやのひまさへ《え》つれなかりけり〟とあって、はい、わが家にお手伝いさんなんかがいたものですから、

——ねぇーやがひまなのかな——

これがおもしろくて得意札の一つだった。

これより一つ前の第八十四番、藤原清輔朝臣《ふじわらのきよすけあそん》（一一〇四〜一一七七年）の一首にも小説を髣髴《ほうふつ》とさせるところがあり（私だけの感触かもしれないが）、

長《なが》らへば　またこのごろや　しのばれむ
憂《う》しと見し世ぞ　今は恋しき

この先長く生きたならば今日このごろが懐かしく偲《しの》ばれることもきっとあるんだろうな、だって以前に〝いやな世の中だなあ〟と思ったときが、今、恋しいのだから。思案の構造がわかれば、むしろわかりやすい歌である。今を基準にして未来と過去のことを比較しているのだ。昔の×印《バツ》が今〇印《マル》に見えるのだから今の×印も将来は〇印になるかも、と、まことに論理的な判断である。その通りかどうかはわからないけれど……。

これをして小説的と言うのは、なにとはすぐには思い出せないけれど、この論理が小説にもときたま用いられているような気がするからだ。きっと名作の中にある。私の作品の中にもある。

——しかし思い出せないんだよなあ——

イライラしてしまう。

そう言えば、前にも、

——あれは、どういうことだったか——

思い出そうと努《つと》めてもいっこうに思い出せず、イライラしたあげく、その後ふいに思い出し、ホッと安心したことがあった。だから、今もイライラしているけれど、明日か明後日あたりふいに思い出して、ホッとするにちがいない。藤原清輔さんもそういうことを、自分の人生そのものに照らしあわせてもっと重々しく詠んだわけですね。

と、ここまで書いたところで、

——えーと、あれはどうかな——

マーガレット・ミッチェル女史の大作〈風と共に去りぬ〉だ。ヒロインのスカーレット・オハラはどんな苦境《くきょう》に陥《おちい》っても、

——生き続ければ、この苦しい日々をなつかしく思い出すことができる——

と、けっしてめげない。この連続で作品がいつまでも長く続いていく。最後はとこ

とんひどい情況に到ってしまい、それでも、

「なにもかも、明日、タラで考えよう」

幼いころを過ごした金色の故郷タラへ行って〝憂しと見し世〟を恋しいものに変えようとしている。清輔さんよりずっとたくましいけれど……やっぱり思案の構造が少しちがうか。この件、もっと適切な例を見つけたとき、後日の報告といたします。

藤原清輔その人について触れておけば、そこそこのエリート、優れた歌人、むしろ歌学《かがく》において秀でていた。長生きをしたので〝憂しと見し世〟を充分に懐かしく思い出したことでしょうね。短命ではこういう心境にはなかなかなれません。

次もまたものを思う人の歌であり、いや、いや、厳密《げんみつ》に言えば、ものを思わなかった人の歌であり、それはすなわち、

逢《あ》ひ見ての　後《のち》の心に　くらぶれば
昔は物《もの》を　思はざりけり

わかりやすいなあ。第四十三番、権中納言敦忠《ごんちゅうなごんあつただ》こと藤原敦忠（九〇六～九四三年）の歌である。

ほとんど解釈の必要もあるまいが、女性を知ったあとのわが心に比べれば、昔はなんにも考えていなかったなあ、である。あえて言えば、女性だけではなく、この世の森羅万象《しんらばんしょう》、見て知って、きちんと考えたあとに比べれば昔は、

――愚《おろ》かだったなあ――

という心理にも通じているだろう。

が、これは拾遺集《しゅうい》からの選択で、恋の歌なのだ。人生全般の教訓としてより、やっぱり女性関係そのものと考えるのが正しく、第十話で詳説《しょうせつ》したきぬぎぬの文《ふみ》、恋人と別れた朝のラブ・レターという説もあり、

――なるほど――

あなたにお会いしたあとの今朝《けさ》の心に比べれば昨日までは、私はノホホンとしてました。今は恋の喜びと苦しみとでいっぱいです、と。

――うまいですねぇ――

女性はきっと歓喜《かんき》するだろう。ここで言う〝逢《い》ひ見て〟はただ顔を見るだけではなく肉体関係をともなうランデブーですね。そうでないと餓鬼《がき》の歌になってしまう。

敦忠について言えば、充分に偉かった藤原時平《ときひら》の子で、歌に優れ、琵琶《びわ》に優れ、将来をおおいに嘱望《しょくぼう》されていたが、若死をしてしまった。〝逢ひ見て〟の後はそれほど長くなかったかもしれない。

一転、わかりにくい歌と言うことなら第四十五番、謙徳公《けんとくこう》こと藤原伊尹《これただ》（九二四〜九七二年）の、

哀《あは》れとも　いふべき人は　思《おも》ほえで
身のいたづらに　なりぬべきかな

だろう。特にむつかしい言葉を使っているわけでもないのに、ぴんと来ない。ポイントは〝思《お》ほえで〟だ。〝思いつかないので〟と考えればよいだろう。〝いたづら《ず》〟は無意味であること。これがもともとの意味で、悪戯《いたずら》という用例は、「そんな無意味なこと、しないでよ」と無意味な行動を……悪ふざけを指すようになった、と変化の道筋《みちすじ》が見えてくる。が、ここではそんな遊びのニュアンスとは正反対。絶対的な無意味を、すなわち死んでしまうことをほのめかしている。私のことを哀《あわ》れと言ってくれる人は思いつかないし、私は意味なく死んでいくのだろうか、と充分に悲観的な歌である。拾遺集から採《と》っていて、そのそえ書には〝親しくしていた女が、つれなくなって、いっこうに会ってくれないので〟とある。ふられた男の嘆《なげ》き節《ぶし》であり、もう世の中がまったく闇《やみ》。

――だれにも愛されずに、このまま死んでしまうのか――

と沈み込んでしまっている状態。若い人の失恋では、こんな心理もあるのでしょうね。でも若い人、そう簡単に死なないのとちがうかな。

――病気かもしれない――

昨今《さっこん》はうつ病が増えている。若い人だけではなく、広い年齢層にわたっている。都会では〝人身事故のため〟電車が止まるケース、やたら多いのとちがいますか。あれこれと連想を広げたけれど、歌に返って、

――この人の名前、見たことあるなあ――

藤原伊尹、字に特徴がある。伊藤さんが二人いるみたいで……。読むのがむつかしい。〝これただ〟と読み、藤原一族の大物の一人。道長《みちなが》（九六六～一〇二七年）の伯父《おじ》に当たり、絶頂期のはしりに位置している。摂政《せっしょう》や太政大臣を務め、華麗《かれい》なる人生を極めた人物。この歌は若いころの作らしいが、やけに弱気で、後半生の栄光にそぐわない。まあ、世間には、強面《こわもて》の男が〝恋には弱い男泣き〟なんてケースがないでもないけど……。

次もまた悲劇的な嘆きを詠じて、

心にも　あらでうき世に　ながらへば
恋《こひ》しかるべき　夜半《よは》の月かな

第六十八番、三条院《さんじょういん》（九七六〜一〇一七年）の歌である。これは滅法《めっぽう》偉い。三条天皇（第六十七代）から上皇《じょうこう》へとなった人。しかし安穏《あんのん》な人生ではなく、その立場は絶えず藤原家の、とりわけ藤原道長の干渉《かんしょう》を受けて揺らいでいた。生まれつき病弱で、眼病がひどかったとも。後拾遺集《ごしゅうい》のそえ書には〝病気がちで、位を譲ろうと思っているころ、月が明るく輝くのを見て〟とある。歌の意味は明瞭《めいりょう》で、心にもなく、つまり不本意《ふほんい》ながら、私はこのままこの世に生き長らえていくのだろうか、そうであるならば、今夜のこの美しい月を恋しく思うときがあるのだろうなあ、という大意だ。これはおそらくフィクションではなく、実感でしょうね。やんごとない立場でありながら実権を揮《ふる》うことができない。体の不調が心身を悩ませてやまない。それでもしばらくは生きていくのだろう。

――いやだなあ――

せめて今夜の月の美しさだけは心に留《とど》めておこう。きっといつか思い出すこともあるだろうから。わかりますね。〝心にもあらでうき世にながらへ《え》〟るときには、大自然の美しさがことさらに身に染《し》みるものです。

次は道長の子分筋《こぶんすじ》のほうで、大納言公任《だいなごんきんとう》（九六六〜一〇四一年）で、姓はもちろん藤原で、道長とは再従兄弟《はとこ》の間がら。道長配下の四納言の一人として羽ぶりよく活躍した。芸道にも秀でており、あるとき、京の大堰川《おおいがわ》で道長が大勢を集めて遊んだとき、三隻《せき》の船が用意され、

「これは漢詩を創《つく》る人の船です」

「こっちは？」

「音楽を奏《かな》でる人の船です」

「ふん。じゃあ、あれは？」

「歌を詠む人の船です」

「なるほど」

「どれにお乗りになりますか」

公任はどれだって自信がある。少し考えたすえ、

「じゃあ、和歌の船に」

と言って、そこで名歌を詠んだが、人々が褒《ほ》めそやすと、

「漢詩だったら、もっとよいものを創ったぞ」

少し鼻持《はなも》ちならないところもあるけれど、事実どれも卓越《たくえつ》していたし、ここから

〝三船《さんせん》の才《さい》〟という言葉が生まれた。なにをさせても優れた能力を示す脳みそのことである。その脳みそは小倉百人一首では第五十五番で、

滝《たき》の音《ね》は　絶《た》えて久《ひさ》しく　なりぬれど
名こそ流れて　なほ聞えけれ

と詠んでいる。

「恋の歌？」

「どうして？」

「〝名こそ流れて〟でしょ。浮き名が今でも流れてるのと、ちがうの？　とうに終った恋なのに」

「ふーん。そういう解釈もなり立つけれどなあ」

残念でした。拾遺集のそえ書では〝大覚寺《だいかくじ》に人が大勢集まったときに古い滝を見て詠んだ〟とあって、舞台は京都の大覚寺大沢《おおさわ》の池《いけ》だ。

りっぱに造られた池には滝がかかっていたが、今は庭園も荒れ、もう滝も涸《か》れて水音もずっと聞こえない。昔の噂《うわさ》ばかりが残っている。

そのことを詠みながら、

「人間も同じことだよ。命には限りがあるが、英名《えいめい》はいつまでも残る。誉《ほま》れ高く生きたいものよな」
と暗示《あんじ》している。恋の歌と考えるのは本来の歌の解釈としては適切ではあるまい。

ところで、このエッセイ、一話ごとになにかしら適当なテーマを設《もう》け……たとえば才女たちの歌とか、春の歌、秋の歌、冬の歌、悩める男たちの歌とか、とりどりに選んで紹介してきたが、終りも近づいてきて、なぜかどこにも入らない歌が、いくつか残ってしまった。どこかに入れようと思えば、入らないでもなかったのだろうが、そのときそのときのページ数などに制限があって、深い理由もなく残ったのである。この先は、それを拾って落ち穂拾《おぼ》いのようなもの。

たとえば第三十番、壬生忠岑《みぶのただみね》（生没年不詳）の歌。

有明《ありあけ》の　つれなく見えし　別《わか》れより
暁《あかつき》ばかり　憂《う》きものはなし

すんなりと詠んでいる。
これももちろん恋の歌。昔、あるとき、女のところへ訪ねて行った。すると女が、

「もう別れましょうよ」

「えっ、どうして」

「そのほうがいいと思うの」

「ちょっと待ってくれよ」

「でも」

女の意志は固い。別れを余儀《よぎ》なくされてしまった。

歌の中にある〝別れ〟は、その朝別れて帰路《きろ》についたが、夜また会える、という事情よりもっと決定的な別離《べつり》のほうがふさわしい。

私見を述べれば、何カ月か、何年か、とにかくある程度の期間にわたって親しい関係を続けた男女において、一方が〝別れたい〟と思ったときは、関係そのものにひびが入っていて、もう一方にとっても別れていい情況に落ち到っているのである。双方にとって〝別れたい〟のである。しかし恋愛には独特な力学《りきがく》が作用するから、一方が〝別れたい〟と言うと、もう一方は〝別れたくない〟と言いたくなってしまう。ちがいますか。そういうケースがままある。

壬生忠岑の場合はどうだったのか、知るよしもないが、彼のほうには未練《みれん》があり、別れはつらかったのだ。だから帰り道、有明の月がつれなく映り、この朝の心境が深く心に残ったのだろう。よってもって、それからは、

——暁が憎《にく》い——

寂《さび》しくうっすらと淡《あわ》い月なんかが出ていたりすると余計に別れの朝を思い出して憂《ゆう》鬱《うつ》になってしまう。ありうることですね。現代でも女性と別れ話をしたのが、「フルーツ・パーラーでさぁ。二人であんみつを食《く》ったんだよ」

「うん」

「あれ以来だな。おれ、あんみつ、好きになれん。見るだけで虫酸《むしず》が走る」

この心境を典雅《てんが》に詠むと、壬生忠岑の歌になる、という事情です、はい。

話は少し変わるが、男女の仲は日常的な営《いとな》みだから生活の片々が、それぞれの心理に強い影響を与えるケースがよくある。暁がきらわれたり、あんみつが憎まれたり……。芥川龍之介《あくたがわりゅうのすけ》の短編小説に〈葱《ねぎ》〉があって、これは楽しかるべき若い二人のデートのさなかに、女性がとても安いねぎの束《たば》が売りに出ているのを見つけて、

「あれを二束くださいな」

と買って、手に持って、その匂《にお》いが男性の鼻を打つ。

——所帯《しょたい》じみてんだよなあ——

まあ、興《きょう》ざめですなあ。ロマンチックな気分は萎《な》えてしまい……その後の二人はどうなることか。文豪《ぶんごう》も締切りに迫られて書いているから（そう告白しているから）、あまり出来のよい小説とは思えないけれど、ねぎの匂いはきびしい。男の興ざめが印

象深い。

渡辺淳一《じゅんいち》さんの短編にも確か男性がデートのさなかに安売りの練り歯磨《はみが》きを買うストーリーがあって、女性はガックリ。これも充分な現実感をたたえ現代の生活感が楽しい。確か〈さよなら、さよなら〉というタイトル……。

そして最後は第七十四番、源　俊頼朝臣《みなもとのとしよりあそん》（一〇五五〜一一二九年）で、

憂《う》かりける　人を初瀬《はつせ》の　山おろしよ
　はげしかれとは　祈《いの》らぬものを

千載《せんざい》集の恋の歌。恋の気配は見えにくいけれど、恋に悩んだ男性が、自分につれない女性（憂かりける人）について、

「もっと私にやさしくしてくれよ」

と桜井《さくらい》市（奈良県）の初瀬の観音《かんのん》さまに祈ったのである。ところがピューッ、山おろしが激しく吹《ふ》いてきて、

「ああ、山の嵐《あらし》も、あの人の仕うちもきびしいんだよなあ。そんなことを祈ったわけじゃないのに」

賽銭《さいせん》返せ、といった心境だろう。そこそこの役人であり、そこそこの歌人であった。

そう言えば、またしても横丁《よこちょう》のご隠居《いんきょ》さんの落語の解説。熊《くま》さんの(八《は》っつぁんの、かな)、

「これ、どういう意味なんですか?」

問いかけに対して、

「うっかり蹴《け》ってしまったんだ」

「へえ?」

「暗い山道に寝転《ねころ》がってる人がいたんだな。それをうっかり蹴った」

「うかりける、ですか」

「さよう。そこへ山おろしが吹いてきて、かつらが飛びハゲ光れと祈ったわけではないのに」

確かそんな落語の一節だった。はい、またしてもご退屈《たいくつ》さま。

第十二話　ユニークな遊び

「奥さまは名古屋のかたなんですって?」

「ああ、そうだよ」

「どうりで、なごやかーな人だと思いましたよ」

あるいはまた、みんなで集まっているとき、

「ちょっと失礼」

と席をはずす者がいて、

「どこへ行くの?」

「シッコゆうよ」

とトイレットへ急ぐ。これない〝しゃれ〟と呼ばれ、時にはまことにくだらない。

同じくだらないながらも、いささか教養を必要とする例ならば、

「お酒、好きなんでしょ」

「ああ」

「カラオケなんかで歌って」

「いや、いや。おれの酒は義経千本桜《よしつねせんぼんざくら》だ」

「へえー、なんですか」

「静《しずか》に忠信《ただのぶ》」

〝静かにただ飲む〟のしゃれ。静御前《しずかごぜん》も佐藤忠信も〈義経千本桜〉の主要な登場人物だ。

駄《だ》じゃれなどと呼ばれてばかにされることもあるけれど、これらはみんな私たち日本民族に顕著《けんちょ》な言葉遊びである。

ことさらに顕著と言ったのは、これが日本文化と深く関わっていることだから……。ご存じだろうか、日本語は充分な文化を発達させた言語の中で（それは豊かな語彙《ごい》を持つことにほかならないが）際立《きわだ》って音《おん》の数の少ない言葉なのだ。

日本語の発する音は、おおむね仮名と呼応《こおう》している。仮名文字一つ一つが日本語の音を示している。そしてその仮名はイとヰ、エとヱ、オとヲ、ジとヂ、ズとヅ、これらは同じ音と考えてよいから、濁音《だくおん》、半濁音とり混ぜて六十七の音を表わし、日本人ならまずたいていはこの音を聞き分け、発音し分けることができる。実際にはもう少し多くを用いており、その数、まあ、ざっと百くらい。しかし、これでも他の言語と比べると圧倒的に少ないのだ。

たとえば英語。同じラリルレロ系でもRとL、バビブベボ系でもBとV、舌《した》を歯で挟《はさ》むサシスセソもあるし、母音《ぼいん》も日本語の五つよりずっと多い。英語民族は日本語の二倍くらいの音を享受《きょうじゅ》しているだろう。

同じくらいの文化を持ちながら音の数が少なければ、当然、同音異義語《どうおんいぎご》が多くなる。〝貴社《きしゃ》の記者《きしゃ》、汽車《きしゃ》で帰社《きしゃ》した〟などという文章が作られ、同音異義語になれている日本人はさほどの苦もなく理解できる。英語なんか短い音節《おんせつ》の単語はともかく、長い音節からなる単語で同音異義語なんか、ない。ないに等しい。

私たちの言葉遊びの一つ、しゃれがこの日本語の特徴に由来《ゆらい》していることは論をまたない。名古屋となごやか、おしっこと執行猶予《しっこうゆうよ》、静・忠信と静かにただ飲む……、同音異義語のみならず似た音をスルリと呼応させ、楽しんでしまうのだ。言葉は文化の源《みなもと》であり、日本文化としゃれが深い関わりを持っている、と説く所以《ゆえん》である。

そして、なんと、なんと、すでにお気づきと思うが、小倉百人一首でしばしば用いられる掛詞《かけことば》も同様の仕組みなのだ。掛詞については、第一話で小式部内侍《こしきぶのないし》や小野小町《おののこまち》のところで触れたが、〈日本国語大辞典〉では、これを、

〝修辞法の一つ。同じ音で意味の異なる語を用いて、それを上と下とに掛けて、二様の意味を含ませるもの。「立ち別れいなばの山の峯に生ふるまつとし聞かば今帰り来ん」の「往《い》なば」に「因幡《いなば》」をかけ、「松」に「待つ」をかける類。和歌、謡曲、う

たい物、浄瑠璃等に多く用いられる〟（歌の表記は引用のまま＝編集部）
と第十六番、中納言行平《ちゅうなごんゆきひら》の歌を引いて説明している。まったくの話、掛詞と小倉百人一首の関わりは深い。小倉百人一首の出どころとなった十代の勅撰和歌集《ちょくせんわか》が、こういう技巧《ぎこう》を好む時代のものであった。

「でも……」

と首を傾《かし》げる人もいて、

「なに？」

「掛詞としゃれって、似てるじゃない」

「うん。原理的には同じことだよな」

「やっぱり」

「詩歌《しいか》に用いられるときは掛詞で、博士論文のテーマにもなる」

「ええ」

「でも落語とか日常会話では、しゃれ、ときには駄じゃれとか親父《おやじ》ギャグとか言われて軽蔑《けいべつ》されてしまうんだ」

同じものがどこで用いられるかにより上品・下品、評価を異にするケースはほかにも散見《さんけん》されるから、このケースも深くはこだわるまい。が、それとはべつに小倉百人一首が掛詞のみならず、枕詞《まくらことば》や序詞《じょことば》を駆使《くし》し、あるいはレトリックとは異なるが、きぬぎぬの文《ふみ》の風習など、題材に男女の仲を扱い、あるいは花鳥風月《かちょうふうげつ》など大自然の変転をもっぱらにして、ユニークな日本文化を例示していることは充分に注目してよい事実であろう。

その背後には、さらに大きく七五調、五七調の文化がある。なぜか日本語にはこれがよろしい。和歌はもとより俳句もこれを継《つ》ぎ、現代では歌謡曲《かようきょく》に到《いた》るまで、この特徴を受け継いでいる。古賀《こが》メロディの代表〈影を慕《した》いて〉なんて、もう、五・七・五・七・五・七・五・七・五とオンパレード、新しいところでは……なにを挙げればいいのかな、ちょっと探せば適当な例がすぐに見つかるだろう。

お話変わって、古い記憶をたどってみると、私は小倉百人一首より先に、もう一つ、今では知る人も少ない百人一首にめぐりあっていた。

くわしくは思い出せない。が、歴史を瞥見《べっけん》しただけで年月の前後はおのずと明らかになる。私が小倉百人一首を知ったのは、早くとも小学五年生、終戦後の世相の中だった。

もう一つの百人一首、それは〈愛国百人一首〉と呼ばれていたが、これは戦意高揚《せんいこうよう》が目的、戦時中でなければ流布《るふ》しない。戦後はかたくなに退《しりぞ》けられたはずだ。だから昭和十八〜九年、私は小学三〜四年生、それより前では私がむつかしい和歌に関心が

及ばない。実際に見たのは昭和二十年の前半、私は五年生になっていたかもしれない。多分一緒に暮らしていた従兄《いとこ》が、

「こんなの、見つけたぞ」

と〈愛国百人一首〉を買い求めて見せてくれたのではなかったか。いくつかを読んで教えてくれたような気がする。この従兄は年下の子にものを教えてくれる癖《くせ》があったし、あの頃の子どもは私に限らず、こむつかしい大人の世界でも背のびして理解しようと努めるところがあった。はっきりと覚えている一歌があった。

しきしまの　やまと心《ごころ》を　人とはば
朝日ににほふ　山ざくら花《ばな》

これが本居宣長《もとおりのりなが》（一七三〇〜一八〇一年）の歌と知ったのは、ずいぶんと後のことだが、

「敷島《しきしま》って、なーに？」

と幼い私は尋ねたのではなかったか。

「日本のことだ」

「大和《やまと》も日本でしょ」

「ああ」

敷島と大和をくり返しているのは、宣長さんには申しわけないけれど、

――少し変だ――

と思ったのは、これももっと後のことかもしれない。

桜の花は散りぎわが潔《いさぎよ》く、それが武士道に通じ、死ぬときは潔く死ななきゃいかん、と教えられていたから、この歌はなんとなくわかった。もう一つ、

身《み》はたとひ　武蔵《むさし》の野辺《のべ》に　朽《く》ちぬとも
留《とど》め置《お》かまし　日本魂《やまとだましひ》

これが吉田松陰《よしだしょういん》（一八三〇～五九年）の歌と知ったのも後年のことだが、当時〝東京府の歌〟というのがあって（学校で覚えさせられたはず）その冒頭が〝むらさきににほふ武蔵野《むさしの》の野辺《のべ》に〟であり、ノ、ノ、ノと三つ重なるところが、歌っていておもしろかった。吉田松陰の歌にも似た文句がある。それでこの歌を記憶したみたい。住んでいたところは西荻窪《にしおぎくぼ》、武蔵野の一画《いっかく》だったし、

――ここの野原で死んでも、やまと魂《だましい》は残るのかな――

勝手な想像をふくらませていた。いた、ような気がする。あれこれ考えるうちに、

――愛国百人一首、見てみたいな――

手に取ってみれば、さらに思い出すことがあるかもしれない。

まったくの話、むかし親しんだものを……本とか遊び道具とかお菓子とか、長いあいだ見ることもなく、それこそ五十年ぶり、六十年ぶりにめぐりあうと、

――ああ、そうだったよなあ――

そのものへの懐《なつ》かしさは当然のことだが、そのころの自分の生活が、日々の気配までもがふっと甦《よみがえ》ってくる。一瞬、遠い時代をもう一度生きなおすような気分を味わう。これは老年の、かけがえのない喜びの一つだ。

そこで愛国百人一首を、と思い立ち……すると、やっぱり東京は便利なところですね。古書の街として名高い神田神保町《じんぼうちょう》の一隅《いちぐう》にカルタのたぐいを専門に扱う店があって、

「あのー、戦時中に愛国百人一首ってのがあったと思うんですけど」

「はい、はい」

「あれ、手に入りますか」

「今、ここにはありませんが、見つけられると思いますよ」

日ならずして箱入りの複製セットが手に入った。どれほど正確に昔のものを再現しているのか、私の記憶は届かない。小倉百人一首のセットと同様、読み札と取り札と

が百枚ずつ箱に納められている。簡素《かんそ》な作りは、あの時代のものを模《も》しているからだろう。質素を旨《むね》とする時代だった。

読み札を次々にめくってながめてみた。

――ふーん――

思い出せるものは少ない。たったいま引用した二つの歌、本居宣長と吉田松陰は……ありました、ありました。でも知らない歌人の名が多い。歌い手は、万葉《まんよう》のころの人から江戸の末までいろいろ含まれているらしい。知った名前を探し出し、その歌は、

海ならず　たたへる水の　底《そこ》までも
清《きよ》き心《こころ》は　月ぞ照《て》らさむ

菅原道真《すがわらのみちざね》（八四五～九〇三年）の歌である。立派な人の心が清く、深いことを訴えているのだろう。あるいは、

行《ゆ》く川の　清き流《ながれ》に　おのづから
心の水も　かよひてぞすむ

徳川光圀《とくがわみつくに》（一六二八〜一七〇〇年）の歌も清い川の流れと人の心を通わせて澄《す》みきった心を持つことを奨《すす》めている。

源実朝《みなもとのさねとも》（一一九二〜一二一九年）は、

山はさけ　海はあせなむ　世《よ》なりとも
君《きみ》にふた心《ごころ》　わがあらめやも

である。源実朝はレトリックとして〝山はさけ、海はあせなむ《ん》〟と詠《よ》んだのだろうか。昭和二十年、この国は文字通り山も海も荒れ果ててしまった。一億総懺悔《ざんげ》、天皇は象徴となり、民主主義の世の中となった。

今奉部与曾布《いままつりべのよそふ》（生没年不詳）の歌、これは知ってます、知ってます、いつの記憶か定かではないが、愛国百人一首にもっともふさわしい歌だったのではあるまいか。だから知っているのだろう。

今日《けふ》よりは　かへりみなくて　大君《おほきみ》の
しこの御楯《みたて》と　出《い》で立つ吾《われ》は

いま、あらためて調べてみると、これは下野国《しもつけのくに》の防人《さきもり》であった人の歌。〝しこの御楯〟は醜《しこ》、すなわち醜《みにく》い楯であり、〝私は天皇の醜い楯となって国を守るため出発します〟と告げているのだ。

――この与曾布さん、ひどいご面相《めんそう》だったのかな――

と思うのは、もちろんまちがいで、これは謙遜《けんそん》の心、〝ほんのつたない護衛《ごえい》役ですが〟と言っているわけ。しかし、考えてみれば、どの戦争でも、兵士たちの屍《しかばね》は醜く、哀《あわ》れなものだったろう。太平洋戦争はとりわけそうだった。

歌を詠んだときの背景を知らないまま（調べればわかることなのだろうが）とりあえず目を留めた歌もいくつかあって、

大君《おほきみ》の　ためには何か　惜《お》しからむ
薩摩《さつま》のせとに　身は沈むとも

僧月照《そうげつしょう》（一八一三〜五八年）の一首である。

「お坊《ぼう》さんなの？」

愛国百人一首の読み札には絵が描いてないから坊主《ぼうず》めくりはできないけれど、

「もちろん。月照と言えば……」

「ええ？」

「ほら。西郷隆盛《さいごうたかもり》と一緒に入水《じゅすい》した人だ」

「いたわねぇ。そんな人」

「西郷さんは生き延びたけど、月照は死んでしまった。尊王派《そんのうは》で、安政《あんせい》の大獄《たいごく》で追われて……」

「それで、この歌？」

「うん。辞世《じせい》の歌かなあ。実際、錦江湾《きんこうわん》に……薩摩の瀬戸《せと》に身を沈めちゃったわけだから。そういうタイミングじゃなきゃ詠まないよな、こんな歌」

「そうねぇ」

史実はともかく、この歌が愛国百人一首に含まれているのは、海の兵士たちに自害《じがい》とはべつな心がまえを抱《いだ》くよう唆《そそのか》す意図があったから、でしょうね。因《ちな》みに言えば（今、調べると）愛国百人一首は昭和十七年十一月、大政翼賛会《たいせいよくさんかい》などの肝《きも》いりで創《つく》られたものだった。戦時下の世論誘導《ゆうどう》の狙《ねら》いがあったことは疑いない。

林子平《はやししへい》（一七三八～九三年）の歌は、

千代《ちよ》ふりし　書《ふみ》もしるさず　海の国の
まもりの道は　我《われ》ひとり見き

と、子平は東京湾の防衛に心をくだいた人物だったから、〝我ひとり〟密《ひそ》かに海軍の勇姿《ゆうし》を見ることがあっても不思議はない。変わって昭和二十年、不肖《ふしょう》、私も子どもながら戦艦大和《せんかんやまと》の存在を小耳に挟んで、あれこれ想像をたくましくしていたけれど、あの戦艦は、ほとんどの日本人に見られることもないうちに沈んでしまった。どこかで見た人は、

「こんなすごい軍艦、見たことないよ」

「うん？」

「これで日本の海の防備は万全だな」

「うん」

勇姿と勝利はまたべつなことであったようだ。

ちょっと驚いたのは、

かきくらす　あめりか人《びと》に　天《あま》つ日《ひ》の
　かがやく邦《くに》の　てぶり見せばや

藤田東湖《ふじたとうこ》（一八〇六～五五年）の歌だ。驚きの理由は、

──アメリカを知っていたんだなあ──

東湖は明治維新の直前まで生きた尊王派の志士《しし》だからアメリカくらい充分に知っていただろうけれど、こういう歌にまで詠んでいるとは……べつに驚くこともないか。〝かきくらす〟は〝心を乱している〟くらいの意味だろう。

東湖の時代はいざ知らず太平洋戦争下ではこの歌、なにしろアメリカ人と戦っていたのだから、

「日本国の実力、見せてやりたいなあ」

という意図で愛国百人一首に選ばれたのだろうが、今となっては考えさせられますねぇ、まったく。私の幼い日の思い出とはべつに、今、あらためて愛国百人一首を読み返すとブラック・ユーモアさえ感じてしまいます。

古典的な名歌もあって、

あをによし　寧楽《なら》の京師《みやこ》は　咲《さ》く花の
薫《にほ》ふがごとく　今《いま》さかりなり

小野老《おののおゆ》(?〜七三七年)の歌には、むつかしい文字が使われているが、奈良の都《みやこ》の風景である。日本の古都の繁栄の素晴しさを歌って淀《よど》みがないが、ここでもまた私は、

——アメリカは奈良や京都を空襲しなかったんだよなあ——

遠い時代を顧《かえり》みて彼《か》の国の良識にはやはり頭が下がりますね。

小野老については、よくわからないが、歌は万葉集からの選である。

神田のカルタ専門店では、ショーウインドーに万葉カルタの箱入りセットもあって、ついでに、

「これもください」

一つ購入してしまった。読み札と取り札のセットになっている。

「和歌って言えば、やっぱり万葉集でしょう」

「うん」

名歌も多いし、ファンも多い。小倉百人一首は勅撰の十代集を基としているのだから、それに負けず劣らず秀歌の多い万葉集に目を向け、

——万葉集の百人一首もあっていいだろう——

と、私はかねてから思っていた。すでに志《こころざし》を持つ人が選んでいて、

——いくつかあるんだろうな——

と、この推測は多分正鵠《せいこく》を射《い》ているだろう。私が手にしたのは、その中の、たまたまカルタ店でめぐりあった一つ、そうにちがいない。箱を開くと、額田王《ぬかたのおおきみ》（六三〇

年頃〜？＝女性ですぞ）の歌が現れた。

あかねさす　紫野行き　標野《しめの》行き
野守《のもり》は見ずや　君が袖《そで》振る

と、これは相聞歌《そうもんか》……つまり一方が詠んで一方が応《こた》えるケース、男女のあいだで交わされることが多かった。天武《てんむ》天皇が応えて、

紫草《むらさき》の　にほへる妹《いも》を　憎《にく》くあらば
人妻《ひとづま》ゆゑに　われ恋《こ》ひめやも

である。

この二人プラスもう一人天智《てんじ》天皇の関係については、第三話でも触れたが、中大兄《なかのおおえ》皇子《のおうじ》（のちの第三十八代・天智天皇、六二六〜六七一年）と大海人《おおあまの》皇子《おうじ》（のちの第四十代・天武天皇、六三一？〜六八六年）の兄弟は国家の礎《いしずえ》を築いた有力な為政者《いせいしゃ》であったが、額田王という才色兼備《さいしょくけんび》の歌人をともに愛した、という関係でもあった。激しい恋のつばぜりあい、というわけではなく、兄が弟に譲《ゆず》ったような気配もあるし、ともに

額田王と親しい時期もあったのかもしれない。相聞歌はそんな微妙な時期をしのばせるやりとりで、紫野は紫草《むらさきそう》の生える野原、標野は標識《ひょうしき》を立てて一般の人の出入りを禁じたご料地《りょうち》のこと。そこで、なにほどかの距離をおいて身分の高い大海人皇子と額田王が出会った、という情況である。皇子が袖を振って愛のデモンストレーションを送るものだから額田王が、

「ご料地の番人が見てますよ」

と軽くたしなめたみたい。それに返して皇子は〝紫草のように香り高く美しいあなた〟と相手を称《たた》えた上で、

「好きでなかったら、どうしてこんなことするでしょうか。人妻だって、かまわない」

と告白した。どちらの歌も美しく、秘《ひめ》やかな恋を歌って、なお明るさが漂《ただよ》っている。登場人物も華やかで、けだし万葉集を代表する相聞歌と言ってよいだろう。

天武天皇の子にして持統天皇の姉の子でもあった大津皇子《おおつのみこ》（六六三〜六八六）は文武両道に秀でた人であったが、若くして謀反《むほん》の罪を問われて非業の死。美しい歌が私が入手した万葉カルタの中にあって、

あしひきの　山のしづくに　妹《いも》待つと

われ立ち濡《ぬ》れぬ　山のしづくに

これはわかりやすい。〝あしひきの〟はもちろん山にかかる枕詞だ。山かげで恋人の来るのを待っているのである。待ち人はやって来ないし、雨は降り続くし、おそらく頰《ほお》は涙《なみだ》でも濡れていたにちがいない。

これも相聞歌で、相手は石川郎女《いしかわのいらつめ》（生没年不詳）といい、この人も万葉集を代表する女流歌人だ。皇子に応えて、

吾《あ》を待つと　君が濡れけむ　あしひきの
山のしづくに　成《な》らましものを

秘密の恋であったらしく、皇子が待っているとわかっても、そうそう簡単に行けない事情があったのだろう。

万葉集は千二百年を越えて遠い時代の歌を集めて編《あ》まれた歌集だが、そこに用いられている言葉が、おおむね今でもわかるところがすばらしい。日本語のすごさであり、世界の文明国の言葉としては珍しい。英語もフランス語もイタリア語も、そんな昔には存在すらしていなかった。私たちの言葉はそういう歴史を持つ〝すぐれもの〟なの

だ。

大伴家持《おおとものやかもち》は万葉集の代表的な歌人だが、手元のカルタにはこの人の歌はなく、この人のお父さん、すなわち大伴旅人《おおとものたびと》（六六五〜七三一年）の歌があって、

古《いにしへ》の　七《なな》の賢《さか》しき　人どもも

欲《ほ》りせしものは　酒にしあるらし

中国の竹林《ちくりん》の七賢人《しちけんじん》を指しているらしい。その賢人たちも、

「なにがほしいですか」

と尋ねられたら、きっと、

「酒だね、やっぱり」

ゆえに私も酒を飲もう、ということ。酒飲みの自己弁護のような歌である。

一方、もう一人万葉の名人、山上憶良《やまのうえのおくら》（六六〇〜七三三年）のほうは、宴《うたげ》に参加したもののさほどの飲んべえではなかったのか、それとも家族への慮《おもんぱか》りが深かったのか、

憶良らは　今は罷《まか》らむ　子泣くらむ
　そを負ふ母も　吾《わ》を待つらむぞ

　と逃げ腰になっている。

「もう帰るの？」

「ああ。家じゃ、子どもが泣いてるだろうし、母ちゃんも子どもをおぶって待ってるしな」

　サラリーマンも家族持ちはほどほどがよろしいようですぞ。

　買い求めた箱入りの万葉カルタを一枚一枚見るほどに、

「あれ、数が少ないぞ」

　小倉百人一首に比べてずっと枚数が少ないみたい……。箱も小さい。もっと早く気づくべきことだったろう。数えて……五十一枚。

　――半端な数だな――

　百枚ないのである。

　なるほど、なるほど。箱の題簽《だいせん》も〝万葉かるた〟であって〝万葉百人一首〟ではない。これも当然気づいておくべきことだったろう。

　そして後日、この方面につまびらかな知人が、

「万葉百人一首は、だれかが編んでいるかもしれないけど……むつかしいんだよ」

「どうして？」

和歌だけで四千余りを集めているのだから、百の秀歌を選ぶくらい、やさしいのとちがうかなあ。だが、真相は、

「詠み人知らずが多いんだ。百人一首だから、やっぱり詠んだ人が、うそでもいいからわかっていて、姿形が絵に描けないとなあ」

確かに……。万葉集は天皇からホームレスに到るまで身分を越えて良歌を集めているが、選びたい歌の中に〝詠み人知らず〟がたくさんあるのは本当だ。百人を集めてカルタとするには、思いのほか厄介《やっかい》なところがあるかもしれない。あえて編もうとすると秀歌を多く逸することとなりかねない。

愛国百人一首はゲームとして遊ばれることはほとんどなかったし、名歌をそろえた万葉集も百人一首として広く楽しまれることはなさそうだ。かくて小倉百人一首だけが、この方面の優れた文化として私たちに伝えられている、という実情である。

それにしてもこれはユニークな遊びである。読み札と取り札があるなんて……。日本民族の美意識や伝統を残しながら典雅《てんが》なゲームとして一定の楽しさを創り出している。正月のリビングルームを華《はな》やかになごませたり、あるいは毎年一月、滋賀県の

近江神宮《おうみじんぐう》で催《もよお》されるカルタ選手権では目も眩《くら》むほどのスピードが競われて名人やクイーンが誕生する。毎年テレビで中継されているが、スポーツ番組なんだとか。まったく……。あのスピードは遊芸というよりアスリートの技である。そして今日このごろ、選手権争いはともかく、一般的にはこの遊びはやや衰退《すいたい》気味なのかもしれないが、もう一度見直して楽しむ価値は充分にあるだろう、と私は考えている。日本文化の根源を理解するのに、楽しく、とても役に立つ。私は幼いころに小倉百人一首にめぐりあったこと、これが私の人生を真実豊かにしてくれた、と信じている。読者のみなさんにもあらためてこの文化をお薦《すす》めしたい。

小倉百人一首　一覧表

※百首はおおむね古いものから新しいものへ決まった番号がつけられている。それを漢数字で記し、下に詠者を（市販のカルタ等に示されている形で）そえた。
○の中の数字は、その歌がこの本の第何話に引用されているか、を示した。

一、秋の田のかりほの庵の苫をあらみわが衣手は露にぬれつつ　天智天皇……❹

二、春すぎて夏来にけらし白妙の衣ほすてふ天の香具山　持統天皇……❸

三、あしびきの山鳥の尾のしだり尾のながながし夜をひとりかも寝む　柿本人麻呂……❿

四、田子の浦にうち出でてみれば白妙の富士のたかねに雪は降りつつ　山部赤人……❽

五、奥山に紅葉踏み分け鳴く鹿の声聞くときぞ秋は悲しき　猿丸大夫……❹

六、鵲の渡せる橋に置く霜の白きを見れば夜ぞふけにける　中納言家持……❺

七、天の原ふりさけ見れば春日なる三笠の山に出でし月かも　安倍仲麿……❽

八、わが庵は都のたつみしかぞすむ世をうぢ山と人はいふなり　喜撰法師……❼

九、花の色は移りにけりないたづらに我身世にふるながめせしまに　小野小町……❶

十、これやこの行くも帰るも別れては知るも知らぬもあふ坂の関　蟬丸……❽

十一、わたの原八十島かけて漕ぎ出でぬと人には告げよあまのつりぶね　小野篁……❷
十二、天つ風雲のかよひ路吹きとぢよ乙女の姿しばしとどめむ　僧正遍昭……❼
十三、筑波嶺のみねより落つるみなの川恋ぞつもりて淵となりぬる　陽成院……❿
十四、陸奥のしのぶもぢずり誰ゆゑに乱れそめにし我ならなくに　河原左大臣……❽
十五、君がため春の野にいでて若菜摘むわが衣手に雪は降りつつ　光孝天皇……❸
十六、立ち別れいなばの山の峰に生ふるまつとし聞かば今帰り来む　中納言在原行平……❷
十七、千早振る神代もきかず竜田川からくれなゐに水くくるとは　在原業平……❶
十八、住の江の岸に寄る波よるさへや夢のかよひ路人目よくらむ　藤原敏行朝臣……❻
十九、難波潟短かき蘆の節の間も逢はでこの世を過ぐしてよとや　伊勢……❾
二十、わびぬれば今はた同じ難波なる身をつくしても逢はむとぞ思ふ　元良親王……❻
二十一、今来むといひしばかりに長月の有明の月を待ち出でつるかな　素性法師……❷
二十二、吹くからに秋の草木のしをるればむべ山風をあらしといふらむ　文屋康秀……❹
二十三、月見ればちぢに物こそ悲しけれわが身ひとつの秋にはあらねど　大江千里……❹
二十四、このたびは幣もとりあへず手向山紅葉のにしき神のまにまに　菅家……❷
二十五、名にし負はば逢坂山のさねかづら人に知られでくるよしもがな　三条右大臣……❽

二十六、小倉山峰の紅葉ば心あらば今ひとたびのみゆき待たなむ　貞信公……❷
二十七、みかの原わきて流るるいづみ川いつ見きとてか恋しかるらむ　中納言兼輔……❽
二十八、山里は冬ぞさびしさまさりける人目も草もかれぬと思へば　源宗于朝臣……❺
二十九、心あてに折らばや折らむ初霜の置きまどはせる白菊の花　凡河内躬恒……❺
三十、有明のつれなく見えし別れより暁ばかり憂きものはなし　壬生忠岑……⓫
三十一、朝ぼらけ有明の月と見るまでに吉野の里に降れる白雪　坂上是則……❺
三十二、山川に風のかけたるしがらみは流れもあへぬ紅葉なりけり　春道列樹……❿
三十三、久方の光のどけき春の日にしづ心なく花の散るらむ　紀友則……❸
三十四、誰をかも知る人にせむ高砂の松も昔の友ならなくに　藤原興風……❷
三十五、人はいさ心も知らずふるさとは花ぞ昔の香ににほひける　紀貫之……❸
三十六、夏の夜はまだ宵ながら明けぬるを雲のいづこに月宿るらむ　清原深養父……❸
三十七、白露に風の吹きしく秋の野はつらぬきとめぬ玉ぞ散りける　文屋朝康……❹
三十八、忘らるる身をば思はず誓ひてし人の命の惜しくもあるかな　右近……❶
三十九、浅茅生の小野の篠原しのぶれどあまりてなどか人の恋しき　参議等……❾
四十、忍ぶれど色に出でにけりわが恋は物や思ふと人の問ふまで　平兼盛……❻

四十一、恋すてふわが名はまだき立ちにけり人知れずこそ思ひそめしか　壬生忠見……❻
四十二、契りきなかたみに袖をしぼりつつ末の松山波こさじとは　清原元輔……❷
四十三、逢ひ見ての後の心にくらぶれば昔は物を思はざりけり　権中納言敦忠……⓫
四十四、逢ふことの絶えてしなくばなかなかに人をも身をも恨みざらまし　中納言朝忠……❻
四十五、哀れともいふべき人は思ほえで身のいたづらになりぬべきかな　謙徳公……⓫
四十六、由良の門を渡る舟人かぢを絶えゆくへも知らぬ恋の道かな　曾禰好忠……❻
四十七、八重むぐらしげれる宿のさびしきに人こそ見えね秋は来にけり　恵慶法師……❹❽
四十八、風をいたみ岩うつ波のおのれのみくだけて物を思ふころかな　源重之……⓫
四十九、みかきもり衛士のたく火の夜はもえ昼は消えつつ物をこそ思へ　大中臣能宣朝臣……⓫
五十、君がため惜しからざりし命さへ長くもがなと思ひけるかな　藤原義孝……❸❾
五十一、かくとだにえやはいぶきのさしも草さしもしらじな燃ゆる思ひを　藤原実方朝臣……❻
五十二、明けぬれば暮るるものとは知りながらなほ恨めしき朝ぼらけかな　藤原道信朝臣……❿
五十三、嘆きつつひとり寝る夜の明くる間はいかに久しきものとかは知る　右大将道綱母……❶
五十四、忘れじの行末まではかたければ今日を限りの命ともがな　儀同三司母……❾
五十五、滝の音は絶えて久しくなりぬれど名こそ流れてなほ聞えけれ　大納言公任……⓫

五十六、あらざらむこの世のほかの思ひ出にいまひとたびの逢ふこともがな　和泉式部……❶
五十七、めぐり逢ひて見しやそれともわかぬ間に雲隠れにし夜半の月かな　紫式部……❶
五十八、有馬山猪名の笹原風吹けばいでそよ人を忘れやはする　大弐三位……❶
五十九、やすらはで寝なましものを小夜更けてかたぶくまでの月を見しかな　赤染衛門……❶
六十、大江山いく野の道の遠ければまだふみも見ず天の橋立　小式部内侍……❶
六十一、いにしへの奈良の都の八重桜けふ九重ににほひぬるかな　伊勢大輔……❽
六十二、夜をこめて鳥の空音ははかるともよに逢坂の関はゆるさじ　清少納言……❶
六十三、今はただ思ひ絶えなむとばかりを人づてならでいふよしもがな　左京大夫道雅……❾
六十四、朝ぼらけ宇治の川霧たえだえにあらはれわたる瀬々の網代木　権中納言定頼……❺
六十五、恨みわびほさぬ袖だにあるものを恋に朽ちなむ名こそ惜しけれ　相模……❾
六十六、もろともにあはれと思へ山桜花よりほかに知る人もなし　前大僧正行尊……❸
六十七、春の夜の夢ばかりなる手枕にかひなく立たむ名こそをしけれ　周防内侍……❸
六十八、心にもあらでうき世にながらへば恋しかるべき夜半の月かな　三条院……⓫
六十九、嵐吹く三室の山のもみぢ葉は竜田の川の錦なりけり　能因法師……❿
七十、さびしさに宿を立ち出でてながむればいづくも同じ秋の夕暮　良暹法師……❹

七十一、夕されば門田の稲葉おとづれて蘆のまろやに秋風ぞ吹く　大納言経信……❹
七十二、音に聞く高師の浜のあだ波はかけじや袖のぬれもこそすれ　祐子内親王家紀伊……❽
七十三、高砂の尾上の桜咲きにけり外山の霞立たずもあらなむ　権中納言匡房……❸
七十四、憂かりける人を初瀬の山おろしよはげしかれとは祈らぬものを　源俊頼朝臣……⓫
七十五、契りおきしさせもが露を命にてあはれ今年の秋もいぬめり　藤原基俊……❹
七十六、わたの原漕ぎ出でて見ればひさかたの雲居にまがふ沖つ白波　法性寺入道前関白太政大臣……❿
七十七、瀬を早み岩にせかるる滝川のわれても末に逢はむとぞ思ふ　崇徳院……❻
七十八、淡路島かよふ千鳥の鳴く声に幾夜寝覚めぬ須磨の関守　源兼昌……❽
七十九、秋風にたなびく雲の絶え間よりもれ出づる月の影のさやけさ　左京大夫顕輔……❹
八十、長からむ心も知らず黒髪の乱れて今朝は物をこそ思へ　待賢門院堀河……❼
八十一、ほととぎす鳴きつる方をながむればただ有明の月ぞ残れる　後徳大寺左大臣……❿
八十二、思ひわびさても命はあるものを憂きに堪へぬは涙なりけり　道因法師……❼
八十三、世の中よ道こそなけれ思ひ入る山の奥にも鹿ぞ鳴くなる　皇太后宮大夫……❼
八十四、長らへばまたこのごろやしのばれむ憂しと見し世ぞ今は恋しき　藤原清輔朝臣……⓫
八十五、夜もすがら物思ふころは明けやらで閨のひまさへつれなかりけり　俊恵法師……⓫

八十六、嘆けとて月やは物を思はするかこち顔なるわが涙かな　西行法師……❼
八十七、村雨の露もまだひぬ槇の葉に霧たちのぼる秋の夕ぐれ　寂蓮法師……❹
八十八、難波江の蘆のかりねのひとよゆゑみをつくしてや恋ひわたるべき　皇嘉門院別当……❾
八十九、玉の緒よ絶えなば絶えねながらへば忍ぶることの弱りもぞする　式子内親王……❾
九十、見せばやな雄島のあまの袖だにも濡れにぞ濡れし色はかはらず　殷富門院大輔……❷
九十一、きりぎりす鳴くや霜夜のさむしろに衣片敷きひとりかも寝む　後京極摂政前太政大臣……❺
九十二、わが袖は潮干に見えぬ沖の石の人こそ知らね乾く間もなし　二条院讃岐……❷
九十三、世の中は常にもがもな渚漕ぐあまの小舟の綱手かなしも　鎌倉右大臣……❼
九十四、み吉野の山の秋風小夜ふけてふるさと寒く衣うつなり　参議雅経……❹
九十五、おほけなくうき世の民におほふかなわがたつ杣に墨染の袖　前大僧正慈円……❼
九十六、花さそふ嵐の庭の雪ならでふりゆくものはわが身なりけり　入道前太政大臣……❸
九十七、来ぬ人をまつほの浦の夕なぎに焼くや藻塩の身もこがれつつ　権中納言定家……❷
九十八、風そよぐならの小川の夕暮はみそぎぞ夏のしるしなりける　従二位家隆……❸
九十九、人もをし人もうらめしあぢきなく世を思ふゆゑに物思ふ身は　後鳥羽院……❺
百、ももしきや古き軒端のしのぶにもなほあまりある昔なりけり　順徳院……❺

詠者一覧

あ
赤染衛門（あかぞめえもん） 20
飛鳥井雅経（あすかいまさつね） 96
安倍仲麿、阿倍仲麻呂（あべのなかまろ） 169
在原業平（ありわらのなりひら） 6
い
和泉式部（いずみしきぶ） 15
伊勢（いせ） 194
伊勢大輔（いせのたいふ） 177
殷富門院大輔（いんぷもんいんのたいふ） 47
う
右近（うこん） 26
右大将道綱母（うだいしょうみちつなのはは） 24
え
恵慶法師（えぎょうほうし） 90、176
お
大江千里（おおえのちさと） 84
大江匡房（おおえのまさふさ） 65
凡河内躬恒（おおしこうちのみつね） 106
大伴家持（おおとものやかもち） 113
大中臣能宣朝臣（おおなかとみのよしのぶあそん） 242
小野小町（おののこまち） 22
小野篁（おののたかむら） 37
か
柿本人麻呂（かきのもとのひとまろ） 150 222
鎌倉右大臣（かまくらのうだいじん） 175
河原左大臣（かわらのさだいじん） 175
菅家（かんけ） 40
き
紀貫之（きのつらゆき） 60
紀友則（きのとものり） 62
喜撰法師（きせんほうし） 162
儀同三司母（ぎどうさんしのはは） 196
行尊（ぎょうそん） 61
清原深養父（きよはらのふかやぶ） 72
清原元輔（きよはらのもとすけ） 44
け
謙徳公（けんとくこう） 248
こ
皇嘉門院別当（こうかもんいんのべっとう） 193
光孝天皇（こうこうてんのう） 55
皇太后宮大夫（こうたいごうぐうのだいぶ） 146
後京極摂政前太政大臣（ごきょうごくせっしょうさきのだいじょうだいじん） 110
小式部内侍（こしきぶのないし） 17
後徳大寺左大臣（ごとくだいじのさだいじん） 219

中納言在原行平（ちゅうなごんありわらのゆきひら）　35

て

貞信公（ていしんこう）　38
天智天皇（てんじてんのう）　80

と

道因法師（どういんほうし）　156

に

二条院讃岐（にじょういんのさぬき）　48
入道前太政大臣（にゅうどうさきのだいじょうだいじん）　61

の

能因法師（のういんほうし）　227

は

春道列樹（はるみちのつらき）　229

ふ

藤原顕輔（ふじわらのあきすけ）　94
藤原朝忠（ふじわらのあさただ）　131
藤原敦忠（ふじわらのあつただ）　247
藤原家隆（ふじわらのいえたか）　73
藤原興風（ふじわらのおきかぜ）　41
藤原兼輔（ふじわらのかねすけ）　182
藤原公経（ふじわらのきんつね）　61
藤原伊尹（ふじわらのこれただ）　249
藤原定家（ふじわらのさだいえ、ていか）　31
藤原定方（ふじわらのさだかた）　185
藤原実定（ふじわらのさねさだ）　219
藤原俊成（ふじわらのしゅんぜい、としなり）　146
藤原忠平（ふじわらのただひら）　38
藤原忠通（ふじわらのただみち）　226
藤原道長（ふじわらのみちなが）　198
藤原道雅（ふじわらのみちまさ）　209
藤原基俊（ふじわらのもととし）　92
藤原義孝（ふじわらのよしたか）　203
藤原良経（ふじわらのよしつね）　110
藤原清輔朝臣（ふじわらのきよすけあそん）　245
藤原実方朝臣（ふじわらのさねかたあそん）　135
藤原敏行朝臣（ふじわらのとしゆきあそん）　127
藤原道信朝臣（ふじわらのみちのぶあそん）　216
文屋朝康（ふんやのあさやす）　88
文屋康秀（ふんやのやすひで）　86

ほ

法性寺入道前関白太政大臣（ほっしょうじにゅうどうさきのかんぱくだいじょうだいじん）　226

み

源兼昌（みなもとのかねまさ）　180
源実朝（みなもとのさねとも）　150
源重之（みなもとのしげゆき）　240
源経信（みなもとのつねのぶ）　92
源融（みなもとのとおる）　175

解説

澤田瞳子（作家）

——まず初めは落語である。

そう阿刀田氏が書き出しておられるので、こちらは漫画から始めたいと思う。

かようなことを書くと、

「これって百人一首の本だよね？」

と表紙を見直す方もおいでかもしれないが、これこそまさに百人一首の醍醐味《だいごみ》。しばしお付き合いいただきたい。

『ちはやふる』というコミックが、近年アニメ化もされ、大ヒット中である。競技かるたに打ち込む女子高生を主人公に据えた、ちょっと珍しい熱血スポーツ少女マンガ。競技かるたの日本一を競う「かるたの殿堂」こと近江《おうみ》神宮が作中にしばしば登場するため、神宮の側を走る京阪《けいはん》電鉄・大津《おおつ》線が最近「ちはやふる」ラッピング電車を走らせるほどの人気ぶりである。

だが百人一首が千年近い歴史を有するのに比べ、競技かるたの成立は明治三十七年。

ジャーナリスト、翻訳家としても知られる黒岩涙香《くろいわるいこう》が札とルールを統一して大会を行なったことに端を発する、比較的新しい競技である。

かるたとしての百人一首は、この競技かるたのみならず、正月の遊戯のイメージが強いちらし取り、団体戦と言うべき源平合戦、挙句は絵札の柄だけで遊ぶ坊主めくりなど色々な種類がある。また北海道には「下の句かるた」という、下の句だけを読んで取り札を争う独自の遊び方も存在するが、一つの遊具でこれほど多種多様な遊び方が出来るのは、百人一首が日本人の精神に深く浸透していることの表れとも言えよう。

何しろ全国の中学校・高校では一度はこれを古典への導入として授業に取り上げており、どんな若い人でも一首や二首なら百人一首の歌を記憶しているはず。いや仮に、

――小倉山《おぐらやま》　峰の紅葉《もみじ》ば　心あらば　今ひとたびの　みゆき待たなむ

という貞信公《ていしんこう》の歌を知らずとも、「小倉あん」の名前を聞いたことのない日本人はいないのではなかろうか。

小倉あんはこしあんに大粒の小豆の蜜煮《みつに》を混ぜ合わせたものだが、もともと小倉山は上記の歌にあるように、紅葉の名所として著名な地。そして紅葉と言えば鹿、鹿と言えば鹿の子模様。そんな連想から粒入りあんこを小倉あんと呼ぶようになったのだから、何とも風雅な話である。

似た例は他にもあり、唐揚げの一種である竜田揚げは、

——千早振　神代《かみよ》もきかず　竜田川　からくれなゐに　水くくるとは

と詠《うた》われる秋の川を流れる紅葉が、からっと赤褐色に揚がった揚げ物に似ているため、この名がついた。そんな由緒正しい料理が今やご家庭の惣菜《そうざい》として定着し、更には日本マクドナルドで「チキンタツタ」なるハンバーガーに変身するとは、在原業平《ありわらのなりひら》もあの世でさぞ驚いていよう。

食べ物ばかりではない。落語の「千早振る」や「陽成院《ようぜいいん》」、浄瑠璃《じょうるり》の「娥歌《かおよ》かるた」など百人一首に題を取った作品はまさに星の数ほど存在し、無類の猫好きであった幕末の浮世絵師・歌川国芳《うたがわくによし》も「百人一首之内」なる連作を描いている。残念ながら現存しているのは六十枚弱。そもそも百枚が揃いで刊行されたのかも不明だが、そのうちの一枚、

——来《こ》ぬ人を　まつほの浦《うら》の　夕《ゆふ》なぎに　焼くや藻塩《もしお》の　身《み》もこがれつつ

という藤原定家《ふじわらのていか》の歌には、なぜか猫に頰ずりをする人物と、その前で鰹節《かつおぶし》を削っている侍童が添えられている。

この連作は理解するのに少々教養が必要で、「夕《ゆふ》されば　門田《かどた》の稲葉《いなば》　おとづれて　蘆《あし》のまろやに　秋風ぞ吹く」には作者・大納言経信《だいなごんつねのぶ》の許《もと》に朱雀門《すざくもん》の鬼が現れたとの逸話に基づく絵が、「瀬《せ》を早《はや》み　岩にせかるる　滝川《たきがは》の　われても末《すゑ》に逢《あ》はむとぞ思ふ」には、政変に破れた末に怨霊《おんりょう》となった崇徳院《すとくいん》の鬼気迫る姿が描かれている。

では何故定家の歌にこんな絵が付けられているかと言えば、実は近世においては飼い猫が行方不明になった際、この歌を記した紙を猫の食器に入れておくと、猫が戻ると信じられていた。つまり国芳の絵は、呪《まじな》い通り戻ってきた猫に、好物の削り節を与えようとしている場面というわけだ。

また定家のみならず、中納言在原行平《ちゅうなごんありわらのゆきひら》の「立ち別れ　いなばの山の　峰《みね》に生《お》ふる　まつとし聞かば　今帰《かへ》り来《こ》む」を三回唱えても、失《う》せ猫に効果があったとか。さすがにペットの皮膚下にマイクロチップを埋め込むご時世、この歌を用いて迷子猫を探す人はおるまいが、小説家・随筆家の内田百閒《うちだひゃっけん》は昭和三十二年春に愛猫・ノラが失踪《しっそう》した際、この呪いを実行している。失せ猫の歌が、比較的近年まで信じられていた証《あかし》と考えられよう。

ところで歌の受容を離れて、少し真面目に小倉百人一首に向き合えば、平安期を中心とする政治・人物をこれほど広範に学べるテキストはない。

「雷も天狗《てんぐ》もまじる百人一首」とは江戸時代の川柳だが、なるほどただの人間ばかりか、死後雷神となった菅原道真《すがわらのみちざね》、死後魔道に堕《お》ちたとされる崇徳院まで加わっているのだから、その顔ぶれたるやまさに百花繚乱《りょうらん》。しかも丁寧に読み解けば、その百人が恐ろしく複雑な人間模様を織り成しているのだから実に面白い。

たとえば、

――朝ぼらけ　宇治《うじ》の川霧《かわぎり》　たえだえに　あらはれわたる　瀬々《せぜ》の網代木《あじろぎ》

と詠んだ権中納言定頼《ごんちゅうなごんさだより》は、少々軽薄な気性の貴公子。歌合せに出ると決まった小式部内侍《こしきぶのないし》をからかったところ、「大江山《おほえやま》」の歌を詠まれてぎゃふんと言わされたエピソードは、広く世に知られるところである。さりながら男女の仲とは不思議なもの。この歌が取り持つ縁か、定頼と小式部は後に深い仲に陥ったが、一方で彼は、

――有馬山《ありまやま》　猪名《ゐな》の笹原《ささはら》　風吹《ふ》けば　いでそよ人を　忘れやはする

の作者・大弐三位《だいにのさんみ》とも関係があった。つまり当時の才女を天秤《てんびん》にかけたわけだが、若い頃から一条帝中宮・彰子《しょうし》に仕えたこの大弐三位は、母親の紫式部《むらさきしきぶ》に似ぬさっぱりした気性の持ち主だったらしい。中納言定頼との間に「お前につれなくされて、俺は悲しいよ」「あら、そっちこそ誰かさんと浮気してるんじゃありませんこと？」というう歌のやりとりを残したばかりか帝《みかど》の乳母まで勤め上げ、八十余歳の天寿を全うしている。

一首を詠ずれば、よろづの悪念を遠ざかり。天を得れば清く、地を得れば安し――と能楽・巻絹《まきぎぬ》にあるように、古来、和歌とは人の本性を表し、その道を追究することは天地の道理を求めるのと同義と見なされていた。ならば百人一首所収の歌もまた、歌人たちの様々な生き様と深遠な歴史を秘めたもの。そしてそれらの学習はわが国の歴史と文化に向き合うことでもあり、いわば百人一首は我々のＤＮＡに記録された、

心の故郷の歌とも呼び得る――しかし、である。

　これまでつらつらと記してきたように、我々の先人たちは文化だの教養だのという堅苦しさとは離れた面でも、百首の歌を愛《め》でて来た。つまり百人一首とはそこに込められた歴史や人物像を知らずとも楽しめる、まことに懐の深い存在なのだ。

　――なるほど、そういうことか――

　――まずまずの歌でしょうな――

　阿刀田氏がそんなのびのびとした感慨を記しておられる通り、難しく考えることなど何もない。いやむしろ、難しく捉《とら》えてはならない。千年の歴史を秘めたものだからこそ、さらりと軽妙に。本書に記された阿刀田流の率直かつユーモアに満ちた向き合い方こそが、日本人にずっと寄り添ってきた百人一首に最適の接し方だと、私は信じてやまない。

　ましてや、

　――子どものころに小倉百人一首になじんでおいてよかった――

　そうしみじみと回想された氏だからこそ、百人一首の妙にもそこに込められた浮世の機微にも、存分に筆を走らせておられることは間違いない。いわばこの本を手にした読者は、奥深き百人一首の世界に共に踏み込む、この上ない先達を得たわけだ。

　さあ、一歩向こうへ。

その彼方《かなた》に待つ思いも寄らぬほど多彩な何かが、読者の人生を芳醇《ほうじゅん》にすることは、私が保証させていただく次第である。

本書は二〇一一年十一月に潮出版社より
刊行された単行本を文庫化したものです。

恋《こい》する「小《お》倉《ぐら》百《ひやく》人《にん》一《いつ》首《しゅ》」

阿《あ》刀《とう》田《だ》 高《たかし》

平成25年 12月25日　初版発行
令和６年 11月25日　９版発行

発行者●山下直久

発行●株式会社KADOKAWA
〒102-8177　東京都千代田区富士見2-13-3
電話　0570-002-301（ナビダイヤル）

角川文庫 18290

印刷所●株式会社KADOKAWA
製本所●株式会社KADOKAWA

表紙画●和田三造

●お問い合わせ
https://www.kadokawa.co.jp/（「お問い合わせ」へお進みください）
※内容によっては、お答えできない場合があります。
※サポートは日本国内のみとさせていただきます。
※Japanese text only

ISBN978-4-04-101137-9　C0195

角川文庫発刊に際して

角川源義

第二次世界大戦の敗北は、軍事力の敗北であった以上に、私たちの若い文化力の敗退であった。私たちの文化が戦争に対して如何に無力であり、単なるあだ花に過ぎなかったかを、私たちは身を以て体験し痛感した。西洋近代文化の摂取にとって、明治以後八十年の歳月は決して短かすぎたとは言えない。にもかかわらず、近代文化の伝統を確立し、自由な批判と柔軟な良識に富む文化層として自らを形成することに私たちは失敗して来た。そしてこれは、各層への文化の普及滲透を任務とする出版人の責任でもあった。

一九四五年以来、私たちは再び振出しに戻り、第一歩から踏み出すことを余儀なくされた。これは大きな不幸ではあるが、反面、これまでの混沌・未熟・歪曲の中にあった我が国の文化に秩序と確たる基礎を齎らすためには絶好の機会でもある。角川書店は、このような祖国の文化的危機にあたり、微力をも顧みず再建の礎石たるべき抱負と決意とをもって出発したが、ここに創立以来の念願を果すべく角川文庫を発刊する。これまで刊行されたあらゆる全集叢書文庫類の長所と短所とを検討し、古今東西の不朽の典籍を、良心的編集のもとに、廉価に、そして書架にふさわしい美本として、多くのひとびとに提供しようとする。しかし私たちは徒らに百科全書的な知識のジレッタントを作ることを目的とせず、あくまで祖国の文化に秩序と再建への道を示し、この文庫を角川書店の栄ある事業として、今後永久に継続発展せしめ、学芸と教養との殿堂として大成せんことを期したい。多くの読書子の愛情ある忠言と支持とによって、この希望と抱負とを完遂せしめられんことを願う。

一九四九年五月三日